Tal vez nunca

Colleen Hoover
Tal vez nunca
Serie Tal vez, 2

Traducción de Lara Agnelli

 Planeta

Obra editada en colaboración con Editorial Planeta – España

Título original: *Maybe Not*

© 2014, Colleen Hoover
Publicado de acuerdo con el editor original, Atria Books, una división de
Simon and Schuster, Inc. Todos los derechos reservados.

© 2023, Traducción: Lara Agnelli

Adaptación de la portada: Booket / Área Editorial Grupo Planeta
Fotografía de la portada: © Sky_Blue / Getty images y © Ani Dimi / Stocksy
Banda sonora de la trilogía: © Griffin Peterson /Raymond Records, LLC.
Todos los derechos reservados

© 2023, Editorial Planeta, S. A., – Barcelona, España

Derechos reservados

© 2023, Editorial Planeta Mexicana, S.A. de C.V.
Bajo el sello editorial BOOKET M.R.
Avenida Presidente Masarik núm. 111,
Piso 2, Polanco V Sección, Miguel Hidalgo
C.P. 11560, Ciudad de México
www.planetadelibros.com.mx

Primera edición impresa en España: julio de 2023
ISBN: 978-84-08-27560-2

Primera edición impresa en México en Booket: septiembre de 2023
ISBN: 978-607-39-0454-4

Impreso en los talleres de Litográfica Ingramex, S.A. de C.V.
Centeno núm. 162-1, colonia Granjas Esmeralda, Ciudad de México
Impreso en México – *Printed in Mexico*

Biografía

Colleen Hoover empezó a escribir a los cinco años. Autopublicó su primer libro en enero de 2012 y en agosto ya estaba en la lista de los más vendidos de *The New York Times*. Hasta la fecha es autora de más de veinte novelas y cuenta con el reconocimiento y apoyo incondicional de millones de lectores en todo el mundo. Ha ganado el Goodreads Choice Award a la mejor novela romántica en tres ocasiones y su novela *Romper el círculo* se ha convertido en uno de los mayores fenómenos literarios globales de los últimos años. En 2015 Hoover fundó junto con su familia The Bookworm Box, un programa de suscripción de libros sin ánimo de lucro cuyos beneficios son donados a distintas organizaciones benéficas.

*Para Kendall Smith, una de mis mejores amigas.
Has estado a mi lado desde que éramos pequeñas,
y sé que no podría hacer nada de esto sin ti.*

1

Estoy convencido de que estoy conectado directamente con el infierno a través de un interfono, y que el zumbido de mi alarma sale directamente de allí, donde suena una y otra vez para acallar los gritos de las almas en pena.

Precisamente por eso nunca mataré a nadie; sería incapaz de vivir escuchando ese sonido durante toda la eternidad. No lo soporto ni siquiera durante cinco segundos.

Alargo la mano y paro la alarma, odiando la perspectiva de un nuevo día en este trabajo de mierda. Odio tener que hacer de camarero para poder pagarme las clases. Y menos mal que Ridge hace la vista gorda con el alquiler a cambio de que me ocupe de gestionar los asuntos de la banda. De momento voy tirando, pero...

«Joder, odio las mañanas.»

Estiro los brazos y, llevándome las manos a los ojos, me los froto para quitarme el sueño de encima. Cuando los dedos entran en contacto con los párpados, durante un instante me temo que mis pesadillas se han hecho realidad y estoy ardiendo en el infierno, porque...

«¡MIERDA! ¡Hijo de puta! ¡Lo voy a matar!»

—¡Ridge! —grito.

«Joder, ¡cómo quema!»

Me levanto, tratando de abrir los ojos, pero me escuecen demasiado y no me sirve de nada. Es la trampa más vieja del mundo..., ¿cómo he podido caer en ella... otra vez?

«Joder, ¡cómo duele!»

No encuentro los calzoncillos, así que voy dando tumbos hasta el lavabo para quitarme la salsa tabasco de los ojos y las manos.

Cuando encuentro el pomo de la puerta, la abro dando un portazo y me dirijo directo al lavamanos. Me parece que una chica está chillando, aunque también podría ser *yo* el que gritara.

Ahueco las manos debajo del chorro de agua y me las llevo a los ojos, enjuagándolos una y otra vez hasta que dejan de escocer tanto. Pero en cuanto afloja el dolor de los ojos, empiezo a notar otro, en el hombro, porque alguien me está dando golpes sin parar.

—¡Largo, pervertido!

Ya más despierto, compruebo que, efectivamente, era una chica la que gritaba; la misma que ahora me está pegando. En *mi* baño.

Cojo una toalla para las manos y me cubro los ojos con ella, mientras me protejo de sus puñetazos con el codo.

—¡Estaba meando, cabrón asqueroso! ¡Fuera de aquí!

Mierda, pega con ganas. Todavía no le veo la cara, pero sé reconocer unos buenos puñetazos sin necesidad de verlos. Por eso le agarro las dos muñecas, para impedir que siga con su asalto.

—¡Deja de pegarme! —Esta vez soy yo el que grita.

La otra puerta del baño, la que lleva al salón, se abre de repente. El ojo izquierdo me empieza a funcionar, y me informa que es Brennan el que la ha abierto.

—¿Qué demonios pasa aquí?

Se acerca a nosotros, hace que le suelte las muñecas a la chica y se sitúa entre los dos. Yo vuelvo a llevarme la toalla a los ojos y los cierro con fuerza.

—¡Ha entrado sin avisar mientras meaba! —responde ella, a gritos—. ¡Y está desnudo!

Abro un ojo y miro hacia abajo. Pues sí, efectivamente, estoy completamente desnudo.

—Por Dios, Warren, ponte algo encima —me reprocha Brennan.

—¿Y cómo iba a saber que alguien me atacaría en mi propio baño? —replico, señalándola—.

¿Y por qué demonios está en mi baño, si puede saberse? Si es tu invitada, que use el tuyo.

Brennan levanta las dos manos inmediatamente, en un gesto defensivo.

—No ha pasado la noche conmigo.

—Qué asco —murmura la chica.

Aún no entiendo por qué a Ridge le pareció que alquilar un piso de cuatro habitaciones sería buena idea. Aunque uno de los dormitorios sigue libre, hay demasiada gente en la casa. Sobre todo, me sobran las invitadas que no saben qué baño le corresponde a cada uno.

—A ver —digo, empujándolos a los dos hacia la puerta que comunica con el salón—. Este es mi baño y me gustaría usarlo. Me da igual dónde o con quién haya dormido, pero que use tu baño. Este es para mí.

Brennan levanta un dedo y se vuelve hacia mí.

—De hecho, este es un baño compartido entre tu habitación y aquella. —Señala hacia la puerta del otro dormitorio—. Y la nueva ocupante de esa habitación es... —Señala a la chica—. Bridgette, tu nueva compañera de piso.

Me quedo inmóvil.

¿Por qué ha dicho que es mi nueva compañera de piso?

—¿Qué quieres decir? A mí nadie me ha preguntado si quería otro compañero de piso.

Brennan se encoge de hombros.

—Con lo que pagas de alquiler, diría que no tienes ni voz ni voto en esas cosas.

Brennan sabe que no pago alquiler porque me ocupo de gestionar los asuntos de la banda, pero es verdad que Ridge lo paga casi todo, así que me temo que no le falta razón.

Esto no me gusta nada. No puedo compartir baño con una chica; sobre todo con una chica que pega esos derechazos. Y especialmente con una chica con tanta piel bronceada.

Aparto la mirada. No soporto que esté buena. Y no soporto su color de pelo; me gusta demasiado su melena larga, de color castaño claro. Para acabar de empeorar las cosas, lleva el pelo recogido, así, un poco a lo loco.

«¡Me cago en la puta!»

—Bueno, bueno. Ha sido muy divertido, un momento de esos que forjan amistades —comenta Bridgette, acercándose a mí antes de darme un empujón en los hombros que me hace retroceder hacia mi dormitorio—. Pero ahora espera tu turno, compi de piso.

Me cierra la puerta en las narices y vuelvo a estar en mi habitación. Todavía desnudo. Y tal vez un poco humillado.

—Tú también sobras —le dice a Brennan, justo antes de cerrar la otra puerta, la que lleva al salón. Unos instantes después, abre el agua de la ducha.

Está en la ducha.

En *mi* ducha.

Probablemente ahora mismo se esté quitando la camiseta, tirándola al suelo, bajándose las bragas...

«Estoy jodido.»

Este piso es mi refugio, la cueva donde puedo ser un troglodita. El único lugar donde mi vida no está dirigida por mujeres. Mi jefa es una mujer, todas mis profesoras son mujeres y mi madre y mi hermana son obviamente mujeres. En cuanto Bridgette se adueñe de mi ducha y la llene de champús de chica, maquinillas de afeitar y esas mierdas, estaré jodido de verdad. ¡Esa es *mi* ducha!

Me dirijo a la habitación de Ridge y le doy al interruptor un par de veces para avisarlo de que voy a entrar. Es sordo y no me oye, por muy fuerte que llame a la puerta o que camine dando zancadas indignadas, como un niño que está a punto de delatar a su hermano pequeño.

Enciendo y apago la luz un par de veces más y luego abro la puerta. Ridge se está levantando, apoyándose en los codos. Está aún medio dormido, pero al ver mi expresión enfadada se echa a reír, pensando que vengo a quejarme de la broma del tabasco.

Odio haber picado. Duermo profundamente y nunca me entero cuando me gastan esas bromas, joder.

—No ha tenido gracia —le digo, usando la lengua de signos—, pero no he venido por eso. Tenemos que hablar.

Él se sienta en la cama, alarga el brazo y ladea

el despertador para ver qué hora es. Luego se vuelve hacia mí, molesto.

—Son las seis y media de la mañana —me dice, también mediante signos—. ¿De qué coño quieres hablar a las seis y media de la mañana?

Señalo en dirección a la habitación de la nueva inquilina.

«Bridgette.»

Odio su nombre.

—¿Has dejado que una chica se instale con nosotros? —Hago el signo que corresponde a compañero de piso y sigo protestando—. ¿Por qué demonios has tenido que invitar a una chica a vivir con nosotros?

Ridge signa el nombre de Brennan.

—Es cosa suya. No creo que hubiera aceptado un no como respuesta —añade.

Me echo a reír.

—¿Desde cuándo le importan las chicas a Brennan?

—Te he oído —dice Brennan, a mi espalda—. Y también he visto los signos.

Me vuelvo hacia él.

—Pues muy bien; responde a la pregunta.

Él me mira mal y luego se vuelve hacia Ridge y le dice:

—Duerme. Yo me ocupo del crío. —Con un gesto me indica que lo siga al salón—. ¿Cuántos años tienes? ¿Cinco? —añade, apagando la luz del dormitorio de Ridge.

Me cae bien Brennan, pero nos conocemos desde hace tanto tiempo que a veces siento que es mi hermano pequeño. Un hermano pequeño tocapelotas al que le parece buena idea invitar a mujeres a compartir piso con nosotros.

—Sólo serán unos meses —me aclara, dirigiéndose hacia la cocina sin detenerse en el salón—. Está pasando por un mal momento y necesita un sitio donde vivir.

Lo sigo hasta la cocina.

—¿Desde cuándo somos un albergue social? Pero si ni siquiera dejas que las chicas se queden a pasar la noche contigo cuando acabáis. Y mucho menos que se vengan a vivir aquí. ¿Te has enamorado de ella o algo? Porque, si es eso, has tomado la peor decisión posible. Te cansarás de ella en una semana. ¿Y luego qué?

Brennan se vuelve hacia mí y alza un dedo con parsimonia.

—No es eso, ya te lo he dicho. No estamos juntos ni lo estaremos nunca. Pero esa chica es importante para mí; está atravesando una mala racha y vamos a echarle una mano, ¿vale? —Saca una botella de agua de la nevera y la abre—. No será tan grave. Va a clase y trabaja a jornada completa, así que no estará casi nunca en el piso. Ni te enterarás de que está aquí.

Suelto un gruñido de frustración y me paso las manos por la cara.

—Fantástico —refunfuño—. Justo lo que

necesitaba: una chica que se adueñe de mi baño.

Brennan pone los ojos en blanco y sale de la cocina.

—Es un baño, Warren. Te estás comportando como un niñato.

—¡Me ha pegado! —exclamo, en mi defensa.

Brennan me mira con la ceja alzada.

—A eso me refiero. —Entra en su habitación y cierra la puerta.

Oigo que el agua deja de correr en el baño y se abre la cortina de la ducha. Cuando se cierra la puerta de su dormitorio, me dirijo al baño. *Mi* baño. Trato de abrir la puerta de acceso desde el salón, pero está cerrada por dentro. Voy hasta mi habitación y trato de entrar por ahí, pero la puerta también está cerrada por dentro. Salgo de mi habitación y entro en la suya. La veo un momento antes de que ella grite y se tape con la toalla.

—Pero ¿qué te has pensado? —Coge un zapato del suelo y me lo lanza. Me da en el hombro, pero ni me inmuto. Sin hacerle caso, me dirijo al baño, entro y cierro de un portazo. Me apoyo en la puerta, corro el pestillo y cierro los ojos.

«Mierda, está buena.»

¿Por qué tiene que estar buena?

Sólo la he visto un momento, pero... se depila.

«Por todas partes.»

Ya es bastante jodido tener que compartir baño con una chica, pero es que voy a tener que compartirlo con una tía buena. Una tía buena que tiene muy mala leche. Una tía buena con un bronceado perfecto y una melena tan larga y espesa que le cubre los pechos, aunque esté mojada y...

«Mierda, mierda, mierda.»

Odio a Brennan. Odio a Ridge. Pero al mismo tiempo los adoro por haberme hecho esto.

Tal vez tenerla como compañera de piso sea bueno después de todo.

—¡Eh, capullo! —me grita desde el otro lado de la puerta—. Me he acabado el agua caliente. ¡Disfruta de la ducha!

«O tal vez no.»

Me dirijo a la habitación de Brennan y abro la puerta con decisión. Él se está haciendo la maleta y ni me mira mientras me acerco.

—¿Qué pasa ahora? —me pregunta, enfadado.

—Tengo que preguntarte algo y necesito que seas totalmente sincero conmigo.

Suspirando, se vuelve hacia mí.

—¿Qué quieres saber?

—¿Te has acostado con ella?

Me mira como si fuera idiota perdido.

—Ya te he dicho que no.

Odio que esté actuando con tanta madurez y serenidad, porque su reacción hace que me sienta inmaduro. Y hasta ahora, Brennan siempre ha sido el inmaduro del grupo. Desde que conozco a Ridge...

«Dios, ¿cuánto hace de eso? ¿Diez años? Yo tengo veinticuatro; Brennan, veintiuno... Exacto, diez años.»

Hace una década que somos amigos y esta es la primera vez que me siento inferior a Brennan.

No me gusta. Yo soy el responsable. Bueno, no tanto como Ridge, obviamente, pero es que nadie lo es. Me encargo de llevar los asuntos de la banda de Brennan y lo hago de puta madre. ¿Por qué soy incapaz de controlar mis reacciones ahora mismo?

Ya, sí, por eso.

Me conozco y sé que, si no logro que la nueva compañera de piso se largue ahora mismo, lo más seguro es que me enamore de ella. Y si voy a enamorarme de ella, necesito estar seguro de que Brennan no lo está.

—Tienes que ser muy sincero, porque creo que puedes estar enamorado de ella. Necesito que me digas que no lo estás, porque creo que me apetece besarla. Y tocarla. Mucho. En plan, por todas partes.

Brennan se lleva las manos a la frente y me mira como si me hubiera vuelto completamente loco. Retrocediendo varios pasos, me dice:

—Pero ¿tú te estás oyendo, Warren? En serio... ¡Joder, tío! Hace tres minutos me estabas gritando porque la odiabas y no querías verla por aquí y ahora me dices que quieres besarla. ¿Eres bipolar o qué?

Razón no le falta.

«Dios, ¿qué me está pasando?»

Recorro la habitación de un lado a otro, buscando una solución. No puede quedarse aquí. Pero quiero que se quede. No puedo compartir el baño con ella, pero la verdad es que no quiero que lo comparta con nadie más. Al parecer soy un pelín egoísta.

Dejo de caminar frenéticamente y me vuelvo hacia Brennan.

—¿Por qué tiene tan mala leche?

Brennan se acerca a mí y, pausadamente, apoya las manos en los hombros.

—Warren Russell, tienes que calmarte; me estás empezando a preocupar.

Sacudo la cabeza.

—Lo sé, lo siento. Es que..., no quiero dejar entrar en mi vida a una chica con la que estés liado, por eso necesito que seas sincero conmigo, porque nos conocemos desde hace demasiado tiempo para dejar que algo así se interponga entre nosotros. Pero no puedes lanzarme encima a una chica como ella y no esperar que me vengan los pensamientos que me vienen, porque acabo de verla desnuda y ahora ya no puedo pensar en nadie más; en nada más. Me ha dejado inútil total. En siniestro total. Esas ropas que lleva esconden un cuerpo perfecto, joder... —Alzo la cara hacia él—. Sólo quiero asegurarme de que no voy a pisar terreno de nadie cuando tenga fantasías con ella esta noche.

Brennan se me queda mirando mientras le da vueltas a mis palabras. Me da un par de golpecitos en el hombro y vuelve a centrarse en la maleta.

—Tiene muy mala leche, Warren. Probablemente es la chica con más mala leche que he conocido en la vida. Así que, si te mata mientras duermes, no digas que no te lo advertí. —Baja la tapa de la maleta y cierra la cremallera—. Necesitaba un lugar donde vivir una temporada y nosotros teníamos una habitación vacía. Comparadas con su vida, la de Ridge y la mía resultan privilegiadas, así que no le toques las narices.

Me siento en el borde de su cama. Trato de ser comprensivo, pero el gerente comercial que llevo dentro se muestra escéptico.

—¿Te llamó así, por las buenas, y te pidió si podía venirse a vivir contigo? ¿No te parece un poco sospechoso, Brennan? ¿No crees que su actitud puede tener algo que ver con que la banda al fin se esté haciendo famosa?

Brennan me mira mal.

—No es una aprovechada, Warren, créeme. Y puedes entrarle si quieres, no me podría importar menos.

Se dirige a la puerta y coge las llaves que están sobre la cómoda.

—Volveré la semana que viene, después del último concierto. ¿Has reservado las habitaciones de hotel?

Asiento con la cabeza.

2

—¿Qué haces? —signa Ridge.

Me dirijo a la habitación de Bridgette con otro vaso de agua. Tras colocarlo cuidadosamente en el suelo, junto a todos los demás, regreso al salón.

—Lleva aquí dos semanas —respondo—. Si quiere ser una más, tiene que aceptar las bromas. Son las normas de la casa.

Ridge sacude la cabeza, mostrando su desaprobación, y yo me pongo a la defensiva.

—¿Qué pasa?

Él suspira hondo.

—No me parece que sea de las que aceptan bien las bromas. Creo que te va a salir el tiro por la culata. Ni siquiera nos ha dirigido la palabra desde que vive aquí.

Niego con la cabeza.

—No habla contigo porque eres sordo y no

conoce la lengua de signos. Y conmigo no habla porque la intimido; estoy casi seguro.

—La incordias —me corrige Ridge—. Dudo mucho que nadie logre intimidar a esa chica.

Vuelvo a negar con la cabeza.

—No la incordio. Creo que se siente atraída por mí y que por eso me evita, porque sabe que no es buena idea que los compañeros de piso se líen.

Ridge señala hacia su habitación.

—Y entonces, ¿para qué te molestas en gastarle una broma? ¿Quieres que hable contigo? Porque si realmente piensas que los compañeros de piso no deberían liarse, probablemente no deberías...

—No —lo interrumpo—. Yo no he dicho que piense que los compañeros de piso no deban liarse. He dicho que creo que esa es la razón por la que ella me evita.

—Entonces, ¿quieres liarte con ella?

Pongo los ojos en blanco.

—No lo pillas. No, no quiero liarme con ella. Sí, me gusta mirarle el culo, pero si le gasto una broma es porque, si va a quedarse aquí, tiene que acostumbrarse. Donde fueres, haz lo que vieres.

Ridge alza las manos en señal de rendición y se dirige a su cuarto, justo cuando la puerta de la entrada empieza a abrirse. Regreso corriendo a mi habitación y cierro la puerta antes de que me vea.

Me siento en la cama y espero.

Y espero.

Y espero un poco más.

Me tumbo en la cama. Espero un poco más.

No hace ningún ruido. No la oigo enfadarse por haber encontrado cincuenta vasos de papel llenos de agua repartidos estratégicamente por toda su habitación. No la oigo yendo a la cocina a grandes zancadas para vaciarlos. Pero tampoco aporrea la puerta ni entra para vaciarme los vasos en la cara como venganza.

«No lo entiendo.»

Me levanto y salgo de la habitación, pero ella no está en la cocina ni en el salón. Ha dejado los zapatos que usa para trabajar en la entrada, como de costumbre, lo que me indica que está en casa. Y sé que ha entrado en su habitación.

Qué decepción. Su falta de reacción hace que sienta que la broma ha sido un fiasco, pero sé que no lo era. Era épica. Es imposible que haya entrado en su habitación sin mover todos esos vasos de agua.

Vuelvo a mi habitación y me tumbo en la cama. Quiero enfadarme con ella, quiero odiarla por ser tan patética vengándose, pero no lo hago. Sonrío porque su reacción me ha pillado desprevenido. Nunca hace lo que se espera de ella y eso me gusta.

—Warren.

Su voz suena tan dulce que tiene que ser un sueño.

—Warren, despierta.

Tan tan dulce que casi la llamaría angelical.

Me doy unos instantes para asimilar que ese dulce sonido que me está despertando es su voz y que, contra todo pronóstico, está en la puerta de mi habitación, llamándome por mi nombre. Abro los ojos lentamente y me vuelvo hasta quedar tumbado de espaldas. Me levanto, apoyándome en los codos y la miro. Está en la puerta que conecta mi habitación con nuestro baño comparti- do. Lleva una camiseta de Sounds of Cedar que le va muy grande y juraría que no lleva nada de- bajo.

—¿Qué pasa? —le pregunto.

«Me desea. Está claro que me desea.»

Ella cruza los brazos con fuerza sobre el pe- cho; ladea la cabeza y veo cómo entorna los ojos hasta que parecen dos puñaladas en un tomate.

—No vuelvas a meter un pie en mi habitación nunca más, capullo.

Endereza la espalda y regresa a su habitación, dando un portazo.

Miro la hora en el despertador: son las dos de la mañana. Sí que ha tardado en reaccionar. ¿Es- taba esperando a que me durmiera para poder despertarme a gritos? ¿Es ese su concepto de ven- ganza?

«Menuda aficionada.»

Sonriendo, me doy la vuelta en la cama y contengo el aliento cuando me cae encima un chorro de agua.

«Pero... ¿qué coño?»

Alzo la vista a tiempo de ver cómo un vaso vacío se cae desde el borde del cabecero y me alcanza entre los ojos.

Cierro los ojos, avergonzado por no haberlo visto venir. Estoy muy decepcionado conmigo mismo. Y ahora voy a tener que poner toallas encima de la cama, porque se ha empapado hasta el colchón.

Aparto la sábana y bajo los pies al suelo, donde me esperan más vasos de agua. Al tratar de levantarme, derribo varios de ellos, lo que causa un efecto dominó. Me inclino hacia delante para detenerlos, pero sólo logro empeorar las cosas. Están por todas partes, y los ha colocado tan juntos que no encuentro ni un palmo libre donde poner el pie.

Intento apoyarme en la mesita de noche mientras levanto el pie derecho para no tirar más vasos, pero pierdo el equilibrio y... sí, me caigo. Me caigo sobre los vasos que todavía estaban llenos de agua. Agua que ahora empapa la moqueta.

«*Touché*, Bridgette.»

Llevo los vasos de agua desde mi dormitorio hasta la cocina, haciendo un viaje tras otro. Ridge está sentado a la mesa, observándome. Sé que quiere preguntarme por qué los vasos están ahora en mi habitación, pero más le vale no hacerlo. Espero que mi cara le indique que no necesito que me regale un «te lo dije».

La puerta de la habitación de Bridgette se abre y la veo salir con la mochila colgada al hombro. Me quedo quieto y la observo durante unos instantes. Se ha recogido el pelo en una coleta. Lleva vaqueros y un top de tirantes azul. Normalmente la veo con el uniforme de Hooters y, eh, no me estoy quejando, me parece fantástico. Pero ¿esto? Verla con chancletas y sin maquillaje es...

«Deja de mirarla.»

—Buenos días, Warren —me saluda, fulminándome con la mirada—. ¿Has dormido bien?

Le dirijo una sonrisa que promete venganza.

—Que te jodan, Bridgette.

Ella arruga la nariz y sacude la cabeza con decisión.

—No, gracias —replica, dirigiéndose a la entrada—. Ah, por cierto. Se ha acabado el papel de váter. Y, como no encontraba mi maquinilla de afeitar, he usado la tuya; espero que no te importe. —Abre la puerta y se vuelve hacia mí, arrugando la nariz de nuevo—. Y..., sin querer, se me ha caído tu cepillo de dientes al váter. Lo siento. Pero no te preocupes, le he dado un agua.

Cierra la puerta justo cuando uno de los vasos se me escapa de la mano e impacta contra la madera.

Es una zorra.

Ridge pasa tranquilamente por mi lado y se dirige a su habitación. No me dice nada porque me conoce mejor que nadie y sabe que lo último que necesito ahora es que me hablen.

Ojalá Brennan me conociera igual de bien, porque entra en la cocina partiéndose de risa. Cada vez que me mira, se ríe con más ganas.

—Sé que tiene mala leche, pero, joder, Warren. Te odia. —Sigue riendo mientras abre el lavavajillas para cargarlo—. Es que te aborrece, tío.

Acabo de recorrer la distancia que me separa del fregadero y dejo los vasos vacíos en la encimera.

—No puedo más —le digo—. No puedo convivir con una chica.

Brennan me mira, divertido. Piensa que hablo en broma.

—Esta noche. Quiero que se vaya esta noche. Que se vaya a vivir con una amiga o con esa hermana con la que siempre está hablando por teléfono. Quiero que se largue, Brennan.

Al darse cuenta de que no estoy bromeando, endereza la espalda y apoya las manos en la encimera, a su espalda, mirándome fijamente.

—No se va a ir, Warren —me dice, negando

con la cabeza. Cierra la puerta del lavavajillas y le da al botón para ponerlo en marcha.

Al ver que se aleja, lo sigo.

—Tú no puedes decidir quién vive aquí y quién no. Llevo dos semanas tratando de llevarme bien con ella, pero esa mujer es imposible.

Brennan se vuelve hacia los vasos que llenan la encimera.

—¿Crees que gastarle bromas es hacer un esfuerzo para llevarse bien con ella? —Vuelve a mirarme—. Tienes mucho que aprender sobre mujeres, Warren. —Se da la vuelta y se dirige a su habitación—. No va a irse a ninguna parte. Es nuestra compañera de piso, acostúmbrate de una vez.

Cierra de un portazo, lo que me cabrea bastante. Estoy harto de que todo el mundo dé portazos últimamente. A grandes zancadas cruzo el salón y abro la puerta que acaba de cerrar.

—¡O se va ella o me voy yo!

En cuanto las palabras salen de mi boca, me arrepiento. Aunque no del todo. No pienso irme a ninguna parte, pero tal vez la amenaza sirva para hacer que cambie de opinión.

Él se encoge de hombros.

—Hasta la vista —replica, sin inmutarse.

Le doy un puñetazo a la puerta.

—¿En serio, Brennan? ¿Dejarías que me fuera por esa chica?

Él se levanta y se acerca a mí. No se detiene

hasta que estamos muy cerca, mirándonos fijamente.

—Sí, Warren. Lo haría. Así que piénsalo bien y avísame cuando te vayas. —Agarra la puerta y trata de cerrármela en la cara, pero yo lo impido, empujándola en dirección opuesta.

—Te la estás tirando —digo.

—¡Para ya! No me la estoy tirando.

Con los dientes apretados, asiento con la cabeza lentamente. Es la única explicación que le encuentro a su actitud. No tiene sentido que la defienda tanto.

—No sé por qué no lo admites de una vez, Brennan. No pasa nada. Te has enamorado de ella y no quieres que se marche. Si lo admites, no volveré a sacar el tema.

Brennan tensa la mandíbula y suelta el aire bruscamente, enfadado. Recorre su pelo con ambas manos y, en ese momento, me doy cuenta. Su cara lo dice todo.

Brennan está enamorado de Bridgette.

No entiendo lo que estoy sintiendo en este momento, pero sé que no tiene ningún sentido, porque estoy tratando de que la eche de casa.

—Warren —me dice, en tono muy calmado.

Retrocede hacia la habitación y me hace un gesto para que lo siga. No sé por qué busca privacidad cuando la única otra persona que está en la casa es Ridge, pero el caso es que espera a que entre y cierra la puerta. Con las manos en las caderas, se queda observando el suelo unos segundos. Cuando al fin vuelve a mirarme a los ojos, su expresión es la de un hombre derrotado.

«Lo sabía.»

—No estoy enamorado de Bridgette —declara, en tono calmado—. Es mi hermana.

3

Recorro la habitación arriba y abajo, con las manos en la frente, deteniéndome cada pocos pasos para mirar a Brennan y negar con la cabeza antes de seguir andando.

Prefería pensar que se la estaba tirando.

—Pero... ¿cómo puede ser? —Me detengo una vez más y me vuelvo hacia él—. ¿Y por qué no me lo dijisteis antes?

Me siento excluido, como si Ridge y Brennan me estuvieran ocultando un gran secreto familiar. Y me parece fatal porque yo soy más que un amigo; formo parte de la familia. Ellos dos se vinieron a vivir conmigo cuando se fueron de casa. Mis padres los acogieron, les dieron un techo y les pusieron un plato en la mesa.

—Ridge no lo sabe —responde Brennan—. Y no quiero que lo sepa hasta que estemos del todo seguros. Tenemos previsto hacernos una prueba de parentesco, pero estamos muy liados y no encontramos el momento. Además, no son baratas.

Lo que faltaba. Yo soy incapaz de tener secretos con Ridge. Somos amigos desde los diez años. Nunca he tenido secretos con él y no seré capaz de ocultarle algo de esta envergadura.

—Warren, júrame que no se lo dirás. Lo último que necesita ahora mismo es más estrés. Si descubre que he estado en contacto con nuestro padre, se lo tomará mal.

Alzo las manos hacia el cielo.

—¿Tu padre, Brennan? ¿Para qué demonios has tenido que ponerte en contacto con ese cabrón?

Él niega con la cabeza.

—No fue cosa mía. Cuando Bridgette se enteró de que su madre se había enrollado con nuestro padre, contactó conmigo y me pidió que la ayudara a encontrarlo. —Se cruza de brazos—. La avisé, pero ella insistió en conocerlo personalmente. Yo no pienso volver a ver a mi padre, pero si Ridge se entera de que la llevé a verlo, pensará que he actuado a sus espaldas, y no es eso.

—¿Qué dijo tu padre cuando te presentaste allí después de todo este tiempo?

Ridge y Brennan se vinieron a vivir con nosotros cuando tenían diecisiete y catorce años, es decir que Brennan llevaba siete años sin verse con su padre.

Él niega con la cabeza antes de responder.

—No ha cambiado. No llegó a decirnos ni dos frases enteras y nos echó a patadas. Creo que Bridgette quedó tan decepcionada que se le quitaron las ganas de hacerse la prueba. Nos la haremos porque quiere saber si tiene hermanos. Creo que, en realidad, lo único que busca es tener a alguien a quien poder considerar su familia. Me da pena, por eso le estoy echando una mano.

Me cuesta creerlo. Nunca lo habría imaginado.

—No se parece a vosotros.

Brennan y Ridge son casi idénticos, y ambos se parecen a su padre. Si el punto de unión entre ellos y Bridgette es su padre, lo normal sería que tuvieran algún tipo de parecido. Pero, aparte del pelo castaño, no hay ninguna similitud entre ellos. Ella tiene los ojos verdes; no castaños como ellos. Si son hermanos, tiene que haber salido a su madre casi al cien por cien. Aunque tal vez sea yo que no veo el parecido porque, en realidad, no quiero que sean hermanos. La situación me resultaría un poco rara.

Brennan se encoge de hombros.

—Todavía no estamos seguros, Warren. Si al final resulta que no es nuestra hermana, no hace falta que Ridge se entere de nada.

Asiento, porque sé que Brennan tiene razón. Ridge ya tiene bastante con Maggie y sus problemas. Hasta que se confirme la paternidad, es absurdo que se estrese con este otro tema.

—¿Qué pasará con Bridgette si resulta que no es vuestra hermana? —le pregunto.

Brennan vuelve a encogerse de hombros.

—En ese caso, supongo que seguirá siendo simplemente nuestra compañera de piso.

Me siento en la cama, tratando de asimilar la situación. Esto lo cambia todo. Si Bridgette resulta ser la hermana de Ridge y Brennan, ya no será sólo una compañera de piso temporal. Ella, su mal genio y sus pantaloncitos de Hooters formarán parte de nuestra vida para siempre.

Y no sé cómo me siento al respecto.

—¿Estás seguro de que no quiere tangarte?

Brennan hace una mueca, exasperado.

—Lo que quiere es sobrevivir, Warren. Ha tenido una vida muy jodida. Aunque no estemos emparentados, seguirá necesitando a alguien que le eche una mano. Así que, por favor, compórtate. Ni siquiera te pido que seas majo y te lleves bien con ella; con que podáis convivir y compartir espacio es suficiente.

Asiento y me dejo caer de espaldas en la cama.

«¿Su hermana?»

—Bien —le digo a Brennan—. Supongo que eso significa que no te interesa para ligártela, así que tengo el campo libre.

Brennan me da con la almohada en la cara.

—Qué asqueroso eres, tío.

4

Brennan tiene razón. Doy mucho asco. Nunca me había sentido tan avergonzado de mí mismo como durante estas últimas dos semanas. Desde que me enteré de que Bridgette podría ser la hermana de Ridge y de Brennan, no puedo quitarle los ojos de encima. Busco gestos y expresiones que puedan tener en común, o algún rasgo físico que me haya pasado desapercibido, pero lo único que he conseguido es ser aún más consciente de lo bien que le queda el uniforme de Hooters. Es que está buenísima.

Y eso empeora las cosas aún más, porque al imaginármela con el uniforme, luego tengo unos sueños rarísimos. Anoche soñé que entraba en el apartamento y me la encontraba en la cocina, con esos diminutos *shorts* naranjas que le dejan el ombligo al aire. Pero cuando alcé la vista hacia su rostro, la que vi no era su cara; era de la Brennan. Él me dirigió una sonrisa de idiota que me provocó arcadas y, justo en ese momento, Ridge salió de su habitación vestido también con el uniforme de Hooters.

Entonces me desperté y me metí en el baño inmediatamente para lavarme los dientes. No sé por qué pensé que lavarme los dientes me ayudaría, pero eso fue lo que hice. Esta mierda de situación me está afectando más de lo que debería. Por un lado, creo que molaría que Ridge y Brennan tuvieran una hermana, pero, por otro lado, no quiero que esa hermana sea Bridgette. Sobre todo, porque me sigue pareciendo sospechoso que aparezca de repente justo cuando Brennan empieza a hacerse famoso. ¿Tendrá alguna intención oculta? ¿Se pensará que Brennan está forrado?

Porque, como mánager del grupo, puedo asegurarle que se equivoca. Todo lo que el grupo gana se va en promoción y en los gastos de los viajes. Le dedican tanto tiempo y esfuerzos a la banda que, como no despegue durante esta gira que tienen programada, tal vez sea la última. Por eso no me hace demasiada gracia la presencia de Bridgette, porque necesito que Brennan esté centrado en Sounds of Cedar y que Ridge esté todavía más centrado en componer canciones. No quiero que se distraigan con culebrones familiares.

Pero, joder. ¡Esos *shorts*!

Estoy en la puerta de mi habitación, observándola. Ella está en la cocina, hablando por teléfono mientras se prepara algo de comer. Ha dejado el móvil sobre la encimera, en modo manos libres, para hablar con quien sea que esté hablando.

Bridgette no se ha dado cuenta de mi presencia y, hasta que lo haga, no voy a irme a ningún sitio, porque es la primera vez que la veo manteniendo una conversación normal, como un ser humano normal, y no puedo dejar de mirar. Sí, ya sé que es raro. Sí, ya sé que cada día veo a gente interactuando exactamente igual que ella. Creo que dice mucho sobre la personalidad de Bridgette que verla hacer algo así me resulte fascinante. Y creo también que sería interesante hacer un estudio antropológico sobre su persona, teniendo en cuenta que su comportamiento no parece ajustarse a lo que la sociedad espera de una joven como ella.

—No soporto vivir en esta residencia —se queja la voz que sale del teléfono—. Mi compañera de habitación está como una puta cabra.

Bridgette vuelve la cara hacia el móvil, pero sigue sin verme.

—Aguanta hasta que te gradúes.

—¿Y luego podremos vivir en un apartamento para nosotras solas?

Aguzo el oído ante la posibilidad de que se mude.

—No podemos permitírnoslo —responde Bridgette.

—Podríamos si volvieras a hacer pelis porno.

—Sólo fue una —especifica Bridgette, poniéndose a la defensiva—. Necesitábamos la pasta, y sólo salía tres minutos, así que haz el favor de no sacar más el tema.

¡Joder!

«¡Por favor, el título! Que diga el título.»

Necesito conocer el nombre de esta peli porno.

—Vale, vale —acepta la chica, riendo—. No lo sacaré más si me prometes que podré irme de esta residencia dentro de tres meses.

Bridgette niega con la cabeza.

—Ya sabes que no hago promesas. Además, ¿te has olvidado ya de cuando intentamos vivir juntas durante tres meses? Porque yo aún alucino de que saliéramos vivas de aquello. Nos llevamos mejor cuando estamos separadas. Créeme, estás mejor en la residencia.

—Puf, ya lo sé —replica la otra chica—. Lo que tengo que hacer es mover el culo y conseguir un trabajo. ¿Qué tal te va por Hooters? ¿Me lo recomiendas?

Bridgette resopla.

—Es el peor trabajo que he tenido nunca. —Se da la vuelta para coger el móvil y me ve. Ni siquiera me molesto en fingir que no estaba escuchando la conversación. Fulminándome con la mirada, se acerca el móvil a la boca y dice—: Te llamo luego, Brandi. —Cuelga y deja el teléfono sobre la encimera con rabia—. ¿Y a ti qué coño te pasa?

Me encojo de hombros.

—Nada —respondo, apartándome de la puerta y acercándome a la cocina.

«No le mires los *shorts*. No le mires los *shorts*.»

—Sólo que no era consciente de que podías interactuar de manera normal con otros seres humanos.

Bridgette hace una mueca exasperada y coge el plato de comida que se acaba de preparar. Mientras se dirige a su habitación, me dice:

—Puedo ser agradable con la gente que se lo merece.

Cuando llega a la puerta, se vuelve hacia mí.

—Necesito que me lleves al trabajo dentro de una hora; tengo el coche en el taller —me informa, antes de desaparecer en su habitación.

Hago una mueca, porque la idea de acompañarla al trabajo me excita, y no quiero que me excite. Es como si me decepcionara a mí mismo, como si fuera dos personas al mismo tiempo. Soy el tipo que encuentra que su nueva compañera de piso es desquiciantemente atractiva, pero también el que no puede soportar estar cerca de su insoportable nueva compañera de piso.

Y ahora, además, soy el tipo que está a punto de adentrarse en el mundo del porno porque tengo que descubrir cómo se llama esa película.

Lo necesito.

Porque no voy a ser capaz de pensar en nada más hasta que lo vea con mis propios ojos.

—¿Cómo se llama Bridgette de apellido? —le pregunto a Brennan.

Le he enviado cinco mensajes durante la última media hora y no me ha respondido; por eso le he llamado por teléfono. Estoy seguro de que una pequeña búsqueda en Google me ayudará a encontrar el título.

—Cox. ¿Por qué?

Me echo a reír.

—¿Bridgette Cox? ¿En serio?

Se hace el silencio al otro lado de la línea.

—¿Qué te hace tanta gracia? ¿Y para qué quieres saber su apellido?

—Para nada. Gracias.

Cuelgo sin darle una explicación. Lo último que Brennan necesita saber es que su potencial hermana actuó en una peli porno.

Pero ¿Cox? ¿En serio? Va a ser muy fácil de encontrar.

Paso los siguientes quince minutos googleando su nombre, en busca de cualquier cosa relacionada con el porno, pero no encuentro nada.

Debe de haber usado un nombre falso.

Cierro la tapa del portátil con rabia cuando la puerta de mi habitación se abre.

—Vamos —me dice.

Me levanto y me pongo los zapatos.

—¿Sabes llamar a la puerta? —le pregunto, mientras la sigo en dirección al salón.

—¿En serio, Warren? ¿Me lo preguntas tú, que has entrado sin llamar en el baño al menos tres veces durante las últimas dos semanas?

—¿Y por qué no usas el pestillo? —replico.

Ella no se molesta en responderme mientras sale del apartamento.

Cojo las llaves que están sobre la barra de la cocina y la sigo. Me despierta curiosidad saber por qué no cierra la puerta cuando va a ducharse. Lo primero que me viene a la cabeza es que tal vez le guste que entre mientras se ducha. ¿Por qué si no iba a dejar la puerta abierta?

Y, ahora que lo pienso, también se deja puesto el dichoso uniforme mucho más rato del necesario. Se lo pone un par de horas antes de ir a trabajar y se lo deja más o menos el mismo rato cuando vuelve. Casi todo el mundo que conozco se quita la ropa de trabajo en cuanto puede, pero parece que a Bridgette le gusta restregarme el culo por la cara.

Me detengo al pie de la escalera y me quedo observando cómo el culo de Bridgette se dirige hacia mi coche.

«Joder. Creo que a Bridgette le gusto.»

Ella se vuelve hacia mí tras tratar en vano de abrir la portezuela del coche. Me mira, expectante, mientras yo sigo paralizado al pie de los escalones, observándola boquiabierto.

«A Bridgette le gusto.»

—Abre el coche, Warren, por el amor de Dios.

Alzo la llave en dirección al coche y presiono el botón para desbloquear las puertas. Bridgette entra por su lado y baja la visera para arreglarse el pelo. Mi rostro se ilumina lentamente cuando sonrío, dirigiéndome al asiento del conductor.

«Bridgette me desea.»

«Esto va a ser divertido.»

Tras poner la marcha atrás, mantengo la mitad de mi atención en la carretera y la otra mitad en sus piernas. Ha apoyado una de ellas en el salpicadero y se acaricia un muslo, arriba y abajo. No sé si lo hace para seducirme o porque le gusta el sonido que hacen sus uñas al rascar las medias.

Me remuevo en el asiento y trago saliva para librarme del nudo que se me ha formado en la garganta. Nunca habíamos estado tan cerca durante tanto tiempo. La tensión aumenta, aunque no sé si es cosa únicamente mía o si es tensión compartida. Aclarándome la garganta, hago un esfuerzo para que los quince kilómetros que nos separan de su trabajo no se conviertan en los más incómodos de mi vida.

—Y bien —empiezo a decir, mientras busco algo con lo que romper el hielo—. ¿Te gusta tu trabajo?

A Bridgette se le escapa la risa.

—Sí, Warren. Me apasiona. Me encanta que viejos asquerosos me toquen el culo todas las noches.

Lo que más me gusta es cuando los borrachos se piensan que mis tetas son un accesorio y no una parte de mi cuerpo.

Sacudo la cabeza. No sé por qué he pensado que sería buena idea hablar con ella. Suelto el aire y no me molesto en preguntarle nada más; es imposible hablar con ella. El coche queda sumido en un pesado silencio durante dos o tres kilómetros. Cuando la oigo suspirar, me vuelvo hacia ella, que está mirando por la ventanilla.

—Las propinas están bien —admite en voz baja.

Sonrío y vuelvo a mirar a la carretera. Sonrío porque sé que es lo más parecido a una disculpa que Bridgette es capaz de ofrecer.

—Eso está bien —replico, y es mi forma de decirle que acepto sus disculpas.

Permanecemos en silencio hasta que llegamos al local. Paro el coche en la puerta. Cuando baja, se agacha para mirarme.

—Necesito que vengas a buscarme a las once.

Cierra de un portazo y no se molesta en decir por favor, gracias o adiós. Y aunque me parece la persona más desconsiderada que he conocido en mi vida, no puedo dejar de sonreír.

Creo que al fin hemos conectado.

Al volver a casa, lo primero que hago es visitar todas las páginas de porno de pago que se me ocurren. Dedico las horas siguientes a ver películas, aunque casi todo lo paso rápido y me detengo sólo cuando veo alguna chica que se parece a ella, aunque sea remotamente. Tengo en cuenta que tal vez lleve peluca, por lo que no puedo descartar a ninguna mujer sólo por su color de pelo.

Ridge se sienta a mi lado en el sofá. Por un momento me planteo poner los subtítulos, pero no lo hago. Para qué nos vamos a engañar, las pelis porno no son famosas por sus ocurrentes diálogos.

Ridge me llama la atención de un codazo.

—¿Cómo es que te ha dado tan fuerte por esto ahora? —me pregunta, porque llevo todo el día empalmando películas, una detrás de otra.

Como no quiero confesarle la auténtica razón, me limito a encogerme de hombros y decirle:

—Me gusta el porno.

Él asiente lentamente con la cabeza y se levanta.

—Te seré sincero —signa—. Me hace sentir incómodo. Estaré en mi terraza si necesitas algo.

Le doy al botón de pausa y le pregunto:

—¿Tienes ya alguna canción nueva?

Parece que mi pregunta le resulta frustrante.

—Aún no.

Niega con la cabeza y se aleja, y ahora me siento mal por habérselo preguntado. No sé qué ha cambiado durante los últimos meses, pero Ridge no es el mismo. Parece más estresado que de costumbre, lo que hace que me pregunte si habrá discutido con Maggie. Él dice que están bien, pero nunca le había costado tanto escribir canciones para la banda y todo el mundo sabe que la principal fuente de inspiración musical viene de las relaciones.

Tanto Ridge como Brennan tienen talento musical, cosa que siempre he envidiado. Por supuesto, siento celos de Ridge por muchas otras cosas. Parece haber nacido con una madurez natural, algo que me resulta envidiable. A diferencia de mí, no es impulsivo y siempre parece tener en cuenta los sentimientos de las personas. Sé que es un modelo a seguir para Brennan y, por supuesto, también lo es para mí. Por eso, verlo mal por culpa de lo que sea que le pasa por la cabeza es duro.

Ridge sabía dónde se metía cuando empezó a salir con Maggie. Por eso no sé si se está cansando de su relación o si está preocupado por si es Maggie la que está cansada. Sea lo que sea, no estoy seguro de poder ayudarlo.

Francamente, no me veo capaz de hacerlo.

Vuelvo a prestar atención al televisor y paso deprisa al menos tres películas más antes de ver que son casi las once y que llego tarde a recoger a Bridgette.

«Mierda.»

El tiempo vuela cuando estás viendo porno.

Esta vez soy yo quien se mueve como si me hubieran puesto en modo acelerado, y recorro los quince kilómetros que me separan de Hooters en tiempo récord. Cuando me detengo frente a la entrada, la veo con los brazos cruzados. Si las miradas pudieran matar, ya estaría muerto.

—Llegas tarde.

Espero a que cierre de un portazo antes de poner el coche en marcha.

—De nada. Encantado de recogerte, Bridgette.

Está tan enfadada que desprende mal humor por todos los poros. No sé si su enfado se debe a que he llegado tarde a recogerla o a que ha tenido un día de mierda en el trabajo, pero no pienso preguntárselo. Cuando llegamos frente al bloque de apartamentos, baja del coche antes de que acabe de aparcar. Sube la escalera a grandes zancadas y cierra de un portazo.

Cuando entro en el piso, veo que ya se ha encerrado en su habitación. Trato de ser comprensivo, pero es que...

«Se pasa de maleducada, joder.»

La llevo al trabajo, la voy a buscar y lo único que hace es pegarme la bronca. No hace falta tener una educación exquisita para saber que no es manera de comportarse. Coño, yo soy una de las personas menos consideradas que conozco, pero ni siquiera yo trataría a alguien como ella me trata a mí.

Entro en mi habitación y voy directo al baño. Ella está allí, lavándose la cara.

—¿Te has vuelto a olvidar de llamar? —pregunta, con una teatral mueca de exasperación.

Sin hacerle ni caso, me acerco a la taza del váter, levanto la tapa y me bajo la cremallera. Trato de no sonreír cuando la oigo protestar porque estoy meando en su presencia.

—¿En serio?

Yo sigo ignorando sus comentarios y tiro de la cadena cuando termino. Dejo la tapa levantada expresamente y me dirijo al lavamanos, a su lado.

«Yo también puedo ser un capullo si me lo propongo, Bridgette.»

Cojo el cepillo de dientes, le echo un chorreón de pasta y me empiezo a cepillar. Ella me da un codazo para apartarme, pero yo le doy otro y sigo lavándome los dientes. Alzo la vista hacia nuestro reflejo en el espejo y me gusta lo que veo. Soy más alto que ella. Mi pelo es más oscuro que el suyo y sus ojos son tan verdes que los míos parecen marrones en comparación. Nos complementamos bien. Vistos así, uno al lado del otro, hacemos buena pareja. Probablemente nos saldrían hijos guapos.

«Mierda.»

¿Por qué estoy dejando que mi mente se recree con este tipo de pensamientos?

Ella acaba de desmaquillarse y coge su cepillo de dientes. Y ahora los dos nos peleamos por ocupar más espacio ante el grifo, cepillándonos los dientes con más fuerza que nunca. Nos turnamos para escupir la pasta con violencia, dándonos codazos para apartar al otro.

Cuando acabo, enjuago el cepillo y lo dejo en el soporte. Ella hace lo mismo. Junto las manos bajo el chorro de agua y me inclino para dar un trago, pero ella me aparta de un empujón, lo que hace que el agua caiga sobre la encimera. Me espero a que ella tenga agua en las manos y le empujo los brazos, de modo que el agua lo salpica todo.

Agarrándose a la encimera con fuerza, Bridgette inspira hondo, tratando de calmarse. Al parecer, no funciona, porque mete la mano bajo el chorro y me salpica, empapándome la cara.

Cierro los ojos, intentando ponerme en su lugar. Tal vez ha tenido un mal día. Tal vez odia su trabajo. Tal vez odia su vida.

Pero, sean cuales sean las razones que la llevan a actuar como lo hace, lo cierto es que no me ha dado las gracias por irla a buscar. Me está tratando como si le hubiera arruinado la vida, cuando lo único que he hecho ha sido intentar hacérsela más fácil.

Abro los ojos, pero no la miro. Alargo la mano, cierro el grifo, cojo la toalla y me seco la cara. Ella me está observando atentamente, a la espera de mi represalia. Lentamente, doy un paso adelante y me cierno sobre ella, que apoya el trasero en el lavamanos con los ojos fijos en los míos mientras yo me agacho.

Nuestros pechos casi se rozan. Siento el calor que emana de su cuerpo mientras separa los la bios. Esta vez no me empuja. De hecho, parece como si me estuviera provocando para que siguiera. Para que me acercara aún más.

Apoyo las manos a lado y lado de su cuerpo, aprisionándola. Ella sigue sin resistirse. Y estoy seguro de que, si tratara de besarla ahora, tampoco se resistiría. En otras circunstancias, estaría besándola ya. Mi lengua se habría adentrado en su boca hasta el fondo porque, joder, tiene una boca preciosa. No entiendo cómo puede salir tanto veneno de unos labios tan suaves como los suyos.

—Bridgette —murmuro, con mucha calma.

Veo cómo se le mueve la garganta cuando traga saliva sin dejar de mirarme.

—Warren —susurra ella, y su voz es una mezcla de decisión y desesperación.

Le sonrío, con la cara a muy pocos centímetros de la suya. El hecho de que me permita acercarme tanto demuestra mi teoría de esta tarde: me desea. Quiere que la toque, que la bese, que la lleve a mi cama. Me pregunto si será tan salvaje en la cama como lo es fuera.

Me acerco un par de centímetros más y ella contiene el aliento, paseando la mirada entre mis labios y mis ojos. Me muerdo el labio y arrastro los dientes por él muy lentamente. Ella me observa la boca, fascinada. Tengo un nudo en la garganta y me sudan las manos, porque no estoy seguro de poder hacerlo. No estoy seguro de poder resistirme.

51

Inclinándome un poco más hacia ella, la rodeo con el brazo derecho hasta que localizo el enjuague bucal sobre la encimera. Y justo cuando nuestros labios habrían entrado en contacto si la hubiera besado, me aparto de ella, mientras abro el tapón del colutorio. Sin apartar los ojos de ella, me echo un trago en la boca antes de volver a cerrar la botella y dejarla en su sitio.

Veo que el deseo que brillaba en sus ojos desaparece, tragado por la furia. Está enfadada conmigo, pero también consigo misma. Tal vez incluso se sienta avergonzada. Al darse cuenta de que le estaba tomando el pelo, se le arrugan las comisuras de los ojos por la intensidad de su mirada.

Me inclino sobre el lavabo para escupir el enjuague bucal y vuelvo a secarme la boca con la toalla. Mientras me dirijo a mi habitación, me despido:

—Buenas noches, Bridgette.

Cierro la puerta y apoyo la espalda en ella, cerrando los ojos con fuerza.

Cuando oigo cerrarse su puerta de un portazo, suelto el aire lentamente. Creo que nunca había estado tan cachondo en toda mi vida, aunque, al mismo tiempo, tampoco había estado nunca tan orgulloso de mí mismo. Alejarme de esa boca y de esos ojos que me miraban, hambrientos, ha sido una de las cosas más difíciles que he hecho, pero era importante. Tenía que demostrar mi autocontrol y ganar esta partida porque esa chica tiene mucho poder sobre mí, demasiado, aunque ella todavía no lo sabe.

Apago la luz del dormitorio y me dirijo a la cama, tratando de apartar de mi cabeza las imágenes de lo que acaba de suceder. Unos minutos más tarde, me rindo. En vez de luchar contra los recuerdos, decido sacar partido de ellos. Meto la mano bajo los bóxers, pensando en esos *shorts* de color naranja. Esa boca. Su manera de contener el aliento cuando me he inclinado sobre ella.

Cierro los ojos y pienso en lo que podría haber pasado si no fuera tan tozudo y la hubiera besado. También me excita saber que se encuentra a pocos metros de aquí, espero que tan frustrada sexualmente como yo. ¿Por qué tiene que tener tan mala leche? No lo sé, pero acabo de descubrir que las chicas retorcidas son mi debilidad.

5

Han pasado tres días desde el episodio del lavabo. Me he fijado en que ahora cierra las puertas con pestillo, lo que me parece muy bien. Estoy seguro de que sigue enfadada por haberse rendido a ese momento de flaqueza. No parece ser de las que se permiten ese tipo de debilidades fácilmente.

En cualquier caso, no soy capaz de decidir si acerté al hacer lo que hice. La mitad de mí celebra que lograra alejarme de ella, pero la otra mitad no se puede creer lo idiota que fui al desaprovechar una oportunidad así. La tenía a tiro y ahora lo más probable es que no vuelva a tener otra ocasión de disfrutar de ella. Me repito que es mejor así, que lo que menos me conviene es liarme con una compañera de piso que podría ser la hermana de mi mejor amigo.

Pero ella me pone las cosas muy duras —sí,

literalmente también— cada vez que entra en el salón vestida, por ejemplo, como ahora mismo. No lleva la ropa de trabajo, pero lo que se ha puesto no es mejor. Lleva un fino top de tirantes y unos pantaloncitos de pijama casi inexistentes, con los que se ha paseado por delante de la tele tantas veces que ya he perdido la cuenta.

«Mierda.»

Ahora se dirige hacia mí con libros en las manos.

«Mierda.»

Está sentada en el sofá. A mi lado. Con ese top finito... sin sujetador debajo.

Puedo resistirme. Tengo los ojos fijos en el televisor, y continúo con la búsqueda de la peli porno en la que aparece. Podría preguntárselo directamente, pero no creo que sea buena idea. Si ella supiera que sé que salió en una peli porno, probablemente haría cualquier cosa para evitar que la encontrara.

Se echa hacia delante, coge el mando y señala el televisor con él para silenciarlo.

No sé quién se cree que es. Si no quiere oír la tele, puede irse a estudiar a su habitación. Le quito el mando y recupero el sonido.

Suspirando, ella abre uno de sus libros de texto y se pone a leer. Yo finjo estar concentrado en el televisor, pero no puedo dejar de mirarla de reojo, porque...

«La madre que me parió. No me puedo creer que me fuera y la dejara así. Soy un idiota.»

Ella coge el mando y vuelve a poner el volumen en silencio, probablemente porque una de las chicas estaba gritando a todo pulmón. Me pregunto si Bridgette será muy escandalosa en la cama. Probablemente no. Me la imagino testaruda, negándose a rendirse y a compartir ningún sonido.

Cuando vuelvo a activar el sonido, ella pierde la paciencia.

—Estoy tratando de estudiar, Warren. Y te causarán el mismo efecto, aunque no tengan sonido, coño.

Le dirijo una mirada interesada.

—¿Cómo lo sabes? ¿Eres experta en porno?

Ella me mira, con un brillo desconfiado en sus ojos.

—Por favor, ¿podrías, por una noche, olvidarte de tu adicción para que pueda estudiar en paz y tranquilidad?

«Bridgette ha dicho "por favor".»

—Ve a estudiar a tu habitación.

Ella frunce los labios con fuerza. Se retira el libro del regazo y se levanta. Va hasta la tele, rebusca por detrás y la desenchufa. Luego vuelve al sofá, recupera el libro y sigue estudiando.

No sé cómo alguna vez he logrado tolerar su horrible actitud el rato suficiente como para llegar a sentirme atraído por ella. Es malvada; me da igual lo buena que esté. No va a encontrar a nadie capaz de tolerar su personalidad.

—Puedes ser una auténtica zorra a veces. Lo sabes, ¿no?

Ella suelta el aire, exasperada.

—Ya, vale. Otros son adictos al porno.

Se me escapa la risa.

—Pero al menos yo no he salido en una peli porno.

Ella se vuelve para mirarme.

—Sabía que estabas fisgando ese día.

Me encojo de hombros.

—No pude evitarlo. Estabas manteniendo una conversación normal, como si fueras un ser humano de verdad. Resultaba fascinante.

Vuelve a mirar las páginas del libro de texto.

—Eres un capullo.

—Y tú una aprovechada.

—¿Una aprovechada? ¿Me tomas el pelo?

Me abrazo la rodilla y me vuelvo hacia ella.

—¿No te parece un poco sospechoso eso de aparecer así, por las buenas, y afirmar que eres la hermana perdida de los miembros de la banda más popular de Austin?

Me mira como si quisiera asesinarme, y la veo capaz.

—Warren, te sugiero que dejes de lanzar acusaciones sobre gente a la que no conoces de nada.

Sonrío al comprobar que le he tocado la fibra. Tal vez salga victorioso de este asalto también.

—He aprendido lo suficiente en estos días para saber que no eres digna de confianza. —Recojo su libro, se lo dejo en el regazo y señalo hacia su habitación—. Y ahora, coge tus deberes y vuelve a tu habitación de prestado.

—¿De prestado? Pero si tú no pagas alquiler, Warren.

—Tú tampoco, Bridgette.

—Te pasas el día viendo porno y mirándome el culo. Eres un vago y un pervertido.

—Y tú te pasas el día luciendo culo y fantaseando con que te beso.

—Eres asqueroso. De hecho, lo mejor que puedes hacer es seguir mirando porno, a ver si aprendes algo.

Vale. Esto ha sido un golpe bajo. Puede llamarme vago, puede meterse con mis finanzas o con mi nueva adicción al porno, pero no permito que ataque mis habilidades en la cama. Básicamente, porque no puede hablar por experiencia propia.

—No necesito aprender a complacer a una mujer, Bridgette. Lo mío es talento natural.

Ella me mira como si estuviera a punto de darme un puñetazo, pero yo no puedo dejar de observarle la boca, esperando a que vuelva a insultarme. Ha pasado poco tiempo desde que me ha llamado capullo hasta ahora, pero ha bastado para ponerme como una moto. Nunca había estado tan excitado en toda mi vida. Espero que se levante y se vaya a su habitación, furiosa, porque yo ya he cubierto mi cuota de contención por hoy, al menos en lo que a ella se refiere.

Cuando ella se pasa la lengua por el labio inferior, tengo que agarrarme con fuerza al cojín del sofá para no lanzarme sobre su boca. Me está mirando fijamente a los ojos. Ambos respiramos tan pesadamente tras el intercambio verbal que noto su aliento en mis labios.

—Te odio —me dice, apretando los dientes.

—Yo te odié primero —replico en el mismo tono.

Baja la vista hacia mi boca y, en cuanto atisbo un mínimo destello de deseo, me lanzo. Le tomo la cara entre las manos, pego mis labios a los suyos y la empujo, derribándola sobre el sofá. Ella me rechaza con las rodillas mientras me atrae hacia sí con las manos. Derribo con la lengua la barrera de sus labios y ella responde devorándome. La beso con fiereza, pero ella me supera. La agarro del pelo mientras ella me araña el cuello.

Joder. Me duele. Me está haciendo daño.

«Quiero más.»

Me cierno sobre ella antes de clavarme entre sus muslos. Le alzo la rodilla para que me rodee la cintura con la pierna.

Ha hundido las manos en mi pelo y no quiero que se vaya del piso. Quiero que se quede; que sea mi compañera de piso para siempre. Es la mejor compañera de piso que he tenido nunca, joder, y, por Dios, qué maja es. ¿Por qué demonios pensé que era malvada? Es tan tan dulce, y sus labios son dulces y...

«Bridgette, adoro tu nombre.»

—Bridgette —susurro, sin poder resistirme a oír su nombre en voz alta. No entiendo cómo he podido odiar su nombre hasta este momento, porque es el nombre más bonito que he pronunciado en mi vida.

Me aparto de su boca y empiezo a descender por su cuello, dulce como la miel. Pero cuando llego al hombro, ella me aparta de nuevo con las manos. Y, con ese gesto, me devuelve a la realidad y me aparto de ella sin hacerme de rogar.

Me sitúo en el otro extremo del sofá, porque necesito distanciarme físicamente de ella para asimilar lo que acaba de pasar.

«¿Qué demonios ha sido esto?»

Ella se incorpora ágilmente y se seca la boca. Yo me paso las manos por el pelo y sigo esforzándome por procesar esto.

Es una arpía malvada. Cierro los ojos y me aprieto la frente. No entiendo cómo he podido perder el control de esta manera por un simple beso. Pienso en todas las mentiras que han pasado por mi cabeza mientras mi polla trataba de convencerme de que Bridgette es un ser humano decente.

Soy débil, demasiado débil. Y ella acaba de ganarme otra partida.

—No vuelvas a hacer eso nunca más —me advierte, furiosa y sin aliento.

Hago una mueca al oír su voz.

—Has empezado tú. —Me pongo a la defensiva.

«¿Ha empezado ella? No me acuerdo. Tal vez ha sido algo mutuo.»

—Besas como si estuvieras tratando de reanimar a un gato muerto —me dice, con cara de asco.

—Y tú besas como si fueras un gato muerto.

Ella se lleva las rodillas al pecho y se abraza las piernas. Se la ve tan tensa e incómoda que no me extraña cuando me suelta otro insulto.

—Probablemente follas como si fueras un fideo blandurrio.

—Follo como si fuera Thor.

No la estoy mirando, pero sé que mi comentario tiene que haberle hecho sonreír..., si es que es capaz de sonreír.

El silencio se hace más y más opresivo; ninguno de los dos se mueve. Cada vez resulta más claro que lo que acaba de pasar ha sido un error.

—¿Por qué sabes a cebolla? —me pregunta al fin.

Me encojo de hombros.

—Acabo de comer pizza.

Ella mira hacia la cocina.

—¿Ha quedado algo?

Asiento con la cabeza.

—Está en la nevera.

Cuando se levanta y se dirige hacia la cocina, me odio por no poder apartar la vista de su camiseta. Los pezones se marcan en la fina tela y tengo que contenerme para no señalarlos con el dedo y gritar: «¡Eso lo he provocado yo! ¡Yo solito!».

Pero, en vez de eso, cierro los ojos y trato de pensar en cosas que me hagan olvidarme de las ganas que tengo de seguirla hasta la cocina y empotrarla contra la encimera. Por suerte, Ridge abre la puerta de su habitación, lo que me permite centrarme en él mientras entra en el salón. Mi amigo se detiene al verme sentado en el sofá y comprobar que el televisor está apagado.

—¿Por qué me miras con esa cara de culpabilidad?

Yo sacudo la cabeza, avergonzado.

—Creo que acabo de montármelo con Bridgette.

Ridge se vuelve hacia ella, que sigue en la cocina y nos da la espalda, y luego niega con la cabeza, decepcionado.

O tal vez confuso.

—¿Por qué? —me pregunta, perplejo—. ¿La has obligado?

Cojo uno de los cojines del sofá y se lo lanzo.

—Claro que no la he obligado, capullo. Lo ha hecho voluntariamente. Me desea.

—¿Y tú la deseas a ella? —Parece francamente sorprendido, como si no lo hubiera visto venir en absoluto.

—No, no la deseo —respondo, por signos,

mientras sacudo la cabeza—, pero siento que la necesito. Mucho. Es tan... —Hago una pausa con las manos inmóviles en el aire antes de continuar—. Es la mejor peor cosa que me ha pasado en la vida.

Ridge retrocede hasta que toca la puerta de entrada con la mano.

—Me voy a pasar la noche a casa de Maggie —responde, signando—. Rezaremos por ti.

Le hago una peineta mientras se marcha. Cuando me vuelvo hacia Bridgette, veo que se dirige a su habitación. Pasa por delante del televisor, pero no se molesta en enchufarlo de nuevo.

Lo hago yo, porque lo tengo más claro que nunca. Necesito encontrar la dichosa película, porque, después de haber probado sus besos, me he vuelto un adicto. Adicto a Bridgette y a todo lo que tenga que ver con ella.

Anoche apenas pegué ojo. Estar en el mismo piso que ella, sabiendo que ni Ridge ni Brennan estaban en casa, fue una tortura. Tuve que echar mano de toda mi fuerza de voluntad para no llamar a su puerta. Pero empiezo a aprender cómo funciona su mente y sé que me habría rechazado con tal de mantener el control de la situación.

En estos momentos, Ridge y Brennan siguen fuera. Bridgette está en el trabajo y yo me he pulido todo el catálogo del porno de pago. No sé cuánto porno he llegado a ver en las últimas dos semanas; he perdido la cuenta. Lo sé, es patético. ¿Cuántas pelis porno puede haber en total? Imposible saberlo, y eso que he acotado la búsqueda a las películas grabadas durante los últimos años, porque tenía que ser mayor de dieciocho años cuando las grabó. Ahora tiene veintidós, lo que da un total de cuatro años de porno que revisar.

Ay, señor. Estoy obsesionado.

Parezco un acosador.

Soy un acosador.

La puerta de la calle se abre y Bridgette entra. El portazo que da es tan fuerte que me encojo. Se dirige a la cocina, donde abre y cierra los armaritos con la misma violencia. Finalmente, apoya las manos en la barra y me mira a los ojos.

—¿Dónde coño guardáis el alcohol?

«Parece que ha tenido un mal día.»

Me levanto y me acerco al fregadero. Abro el armarito inferior y saco la botella de Pine-Sol. Ni siquiera me molesto en coger un vaso. Parece de las que prefieren beber a morro y dar un buen trago.

—¿Pretendes matarme? —me pregunta, mirando la botella de Pine-Sol.

Yo le coloco la botella en la mano.

—Ridge se cree muy listo al esconder el licor en botellas de limpiador gastadas. No le gusta que me beba su whisky.

Bridgette se acerca la botella a la nariz y hace una mueca.

—¿Sólo tenéis whisky?

Cuando le respondo asintiendo con la cabeza, ella se encoge de hombros, echa la cabeza hacia atrás y da un largo trago.

Me devuelve la botella mientras se seca la boca con el dorso de la mano. Yo también doy un sorbo de la botella y se la devuelvo. Repetimos el proceso varias veces hasta que parece que su enfado amaina y vuelve a situarse en un nivel razonable para tratarse de Bridgette. Le pongo el tapón a la botella y la devuelvo al armarito de la limpieza.

—¿Mal día? —le pregunto.

Ella se apoya en la encimera y tira de la goma de los *shorts* color naranja.

—El peor.

—¿Quieres hablar de ello?

Bridgette me mira entornando los ojos y luego los alza al techo, exasperada.

—No.

No insisto. La verdad es que no sé si quiero que me cuente cómo le ha ido el día. Parece que cualquier cosa le saca de quicio, así que no me extrañaría que se hubiera enfadado porque un semáforo se le ha puesto en rojo o alguna tontería por el estilo. Ha de ser agotador responder a cualquier cosa que te pase con tanta ira.

—¿Por qué estás siempre tan enfadada?

Ella se ríe entre dientes.

—Esa es fácil de responder. Por los capullos, los clientes gilipollas, el trabajo de mierda, los inútiles de mis padres, los amigos de mierda, el mal tiempo, los molestos compañeros de piso que no saben besar...

El último comentario me hace reír. Supongo que ha querido meterse conmigo, pero me ha sonado como si me estuviera provocando.

—¿Por qué estás tú siempre tan contento? Todo te parece divertido.

—Esa es fácil de responder. Unos padres fantásticos, tengo curro, lo que es una suerte; amigos de verdad, días soleados y compañeras de piso que han salido en pelis porno.

Ella aparta la mirada rápidamente para que no vea la sonrisa que ha estado a punto de escapársele. Dios, ojalá dejara de esconder esa sonrisa. Me muero de ganas de verla. En todo el tiempo que lleva viviendo aquí, no la he visto sonreír de verdad ni una vez.

—¿Por eso miras tanto porno? ¿Quieres descubrir en qué película salgo?

No asiento con la cabeza, pero tampoco lo niego. Apoyo la cadera en la encimera y me cruzo de brazos.

—Dime el título de una vez.

—No —responde rápidamente—. Además, hacía de extra. Y apenas hacía nada.

«De extra. Bueno, eso reduce un poco el campo de búsqueda.»

—«Apenas nada» no es lo mismo que «nada».

Ella vuelve a mirar al techo, exasperada, pero no se ha marchado, así que insisto.

—¿Salías desnuda?

—Era una peli porno, Warren. Un jersey ya te digo que no llevaba.

«Eso es que sí.»

—¿Practicaste sexo delante de la cámara?

Ella niega con la cabeza.

—No.

—Pero ¿te lo montabas con un tío?

Ella vuelve a negar con la cabeza.

—No era un tío.

«Me cago en la puta.»

Me doy la vuelta y me agarro a la encimera con una mano mientras dibujo la señal de la cruz sobre mi cuerpo con la otra.

Cuando me vuelvo hacia ella, veo que sigue en la misma postura, pero se ha relajado bastante. Debería beber whisky todos los días.

—¿Me estás diciendo que te lo montaste con otra chica? ¿Y que está documentado en alguna parte? ¿Hay constancia cinematográfica?

La comisura de sus labios se alza en un proyecto de sonrisa.

—Has sonreído.

Se le borra la sonrisa de la cara inmediatamente.

—No es verdad.

Doy un paso hacia ella, asintiendo con la cabeza.

—Sí que lo es. Te he hecho sonreír.

Ella empieza a negarlo con la cabeza. Cuando le deslizo la mano detrás de la nuca, a ella se le abren mucho los ojos. Estoy casi seguro de que va a empujarme, pero no puedo evitarlo.

«Esa sonrisa.»

—Has sonreído, Bridgette —susurro—, y no se te ocurra negarlo, porque ha sido una sonrisa preciosa, joder.

Ella contiene el aliento, sorprendida, un instante antes de que le aplaste los labios en un beso decidido. Creo que el beso la ha tomado por sorpresa, pero no la oigo protestar. Su boca, cálida y receptiva, me acoge en su interior cuando le separo los labios con la lengua.

No sé si es cosa del whisky o si se debe sólo a ella, pero el corazón me está dando saltos en el pecho como si fuera una bestia enjaulada. Le acaricio la espalda con las dos manos, deslizándolas hasta que llego a su culo, que aprieto mientras la subo a la encimera.

Cuando separamos los labios, nos quedamos observándonos en silencio. Creo que ninguno de los dos nos acabamos de creer que el otro no esté a punto de marcharse otra vez. Cuando me convenzo de que ninguno de los dos tiene interés en detener esto, le sostengo la cara entre las manos y me inclino hacia ella, para apoderarme de sus labios una vez más.

Este beso es distinto del de la otra noche. El

primer beso fue rápido y frenético porque sabíamos que no iría más allá.

Este es lento y profundo, y no parece el final de nada, sino el principio de lo que estamos a punto de experimentar. Esta vez, cuando me separo de su boca para saborearle el cuello, no me aparta. Al revés, me atrae hacia ella, queriendo que profundice el beso.

—Warren —susurra, ladeando la cabeza y dándome carta blanca para disfrutar de su piel—. Si me acuesto contigo, tienes que prometerme que luego no te tendré todo el rato pegado al culo. No soporto a los tipos pegajosos.

Me río, sin separarme de su cuello.

—Si te acuestas conmigo, Bridgette, eres tú la que corre el riesgo de no querer separarte de mí. Te voy a tener tan pegada que no voy a saber si eres tú o es que me has envuelto en papel film.

Cuando ella se echa a reír, me aparto bruscamente. Le miro la boca y luego los ojos.

—Santo Dios.

Ella sacude la cabeza, confundida.

—¿Qué pasa?

—Tu risa. —La beso en los labios—. Jodidamente fenomenal —le susurro sin apartar los labios de su boca. La levanto de la encimera mientras ella me rodea la cintura con las piernas y cruzamos así el salón. En cuanto llegamos a mi habitación, doy un portazo, la dejo en el suelo y la empotro contra la puerta. Manteniéndola así, me libro de mi camiseta antes de empezar a quitarle la suya—. No sabes la de veces que he fantaseado con este momento, Bridgette.

Ella me ayuda con su camiseta.

—Pues yo no; no he fantaseado con esto ni una vez.

Sonrío.

—Y una mierda.

Vuelvo a levantarla en brazos para llevarla a la cama. En cuanto está tumbada y empiezo a ascender sobre su cuerpo, ella me empuja y me tumba de espaldas en la cama. Busca el botón de los vaqueros y lo desabrocha. Yo trato de recuperar el control volviendo a tumbarla sobre la cama, pero ella no parece dispuesta a colaborar. Se monta sobre mí y apoya las manos sobre los bíceps para inmovilizarme los brazos.

—Aquí mando yo —me advierte.

No se lo discuto. Si quiere estar al mando, se lo cedo encantado.

Endereza la espalda y se lleva las manos a la parte trasera del sujetador para desabrocharlo. Yo me incorporo y alargo los brazos para ayudarla, pero ella vuelve a empujarme por los brazos una vez más hasta tumbarme sobre la cama.

—¿Qué te acabo de decir, Warren?

«Mierda. Iba en serio.»

Asiento y me limito a observar mientras ella se incorpora y se desabrocha el sujetador. Desliza los tirantes lentamente por los brazos mientras yo me la como con los ojos. Quiero tocarla, ayudarla, ser yo quien se lo quite, pero no me deja hacer nada.

Contengo el aliento cuando lanza el sujetador al suelo.

Dios mío, es perfecta. Sus pechos tienen la medida perfecta, parecen hechos para encajar en mis manos. Pero no puedo comprobarlo porque no tengo permiso para tocarlos.

«¿No?»

Con cautela, alzo las manos para sentir la suavidad de su piel, pero ella inmediatamente me aparta los brazos y vuelve a clavarme a la cama.

«Dios, esto es una tortura.»

Sus pechos están ahí mismo, a unos cuantos centímetros, pero no puedo tocarlos.

—¿Dónde tienes los condones?

Le señalo la mesita de noche que está al otro lado de la cama.

Ella se desliza por mi cuerpo y baja al suelo. No le quito el ojo de encima mientras se dirige a la mesita de noche. Abre el cajón y rebusca hasta que encuentra un preservativo. Se lo pone entre los dientes y da media vuelta. Cuando llega al pie de la cama no sube ni se monta sobre mí, sino que mete los pulgares por dentro de la cinturilla de los *shorts* y empieza a bajárselos.

Nunca había estado tan excitado en toda mi vida. La sangre me late con tanta fuerza que noto el pulso retumbando por todo el cuerpo. Necesito que se dé prisa y vuelva a montarse sobre mí.

Se deja las bragas puestas y se inclina sobre mí para quitarme los vaqueros. Luego agarra los calzoncillos y me los baja también con el sobrecito del condón aún colgando de sus dientes. Su pelo tiene la medida perfecta y se desliza delicadamente sobre mi piel, como si fueran plumas, cada vez que se inclina sobre mí.

Cuando ha acabado de quitarme toda la ropa, clava la mirada en mi parte más dura. Con una sonrisa juguetona, me busca la mirada y se quita el preservativo de la boca.

—Impresionante —me dice—. Eso explica por qué tienes el ego tan hinchado.

Acepto el insulto junto con el halago, porque sé que Bridgette no es de las que van repartiendo piropos así como así.

Vuelve a montarse sobre mi regazo, sin quitarse las bragas. Se echa hacia delante y apoya las manos en mis antebrazos. Me busca la boca mientras presiona los pechos contra mi torso, arrancándome un gruñido. Su tacto es increíble. Delicioso. Estoy algo preocupado, porque ni siquiera hemos llegado al final y ya siento que el sexo con las demás no volverá a ser lo mismo.

Noto la humedad a través de sus bragas mientras me martiriza deslizándose sobre mí, arriba y abajo, arriba y abajo, tan lentamente como puede. Tiene la lengua en mi boca, y yo trato de sujetarle la nuca o agarrarla por la cintura, pero cada vez que me muevo, ella me detiene.

Me imaginaba que iba a ser autoritaria en la cama, pero no hasta este punto. No deja que le ponga la mano encima y eso me está matando.

—Abre la boca —me susurra al oído.

Cuando lo hago, Bridgette me coloca el sobrecito del condón entre los dientes. Muerdo con fuerza y ella usa sus dientes para tirar por el otro lado, apartándose de mí. Entre los dos, rompemos el envoltorio.

«Vale, eso ha sido sexy.»

«Sexy de cojones.»

«Deberíamos dejar el trabajo los dos y dedicarnos a esto a tiempo completo.»

Bridgette saca el condón y endereza la espalda. Mira hacia abajo y se pasa la lengua por los labios mientras me lo coloca, deslizándolo sobre mi erección. Gimo porque sus manos son...

«Demasiado, joder. Quiero que me toque por todas partes.»

Entiendo que haya tipos que dicen idioteces llevados por la pasión, porque me muero por decirle un montón de cosas ahora mismo. Quiero decirle que la quiero, que somos almas gemelas y que debería casarse conmigo porque sus manos hacen que se me ocurran mentiras absurdas como estas.

Se eleva un poco sobre las rodillas y se aparta un poco las bragas, pero se las deja puestas mientras empieza a descender sobre mí.

«Es oficial. Es la mejor compañera de piso que he tenido nunca.»

Ella se encoge ligeramente cuando empiezo a clavarme en su interior. Me sabe un poco mal que le duela, pero no lo bastante como para no alzar las caderas y acabar de clavarme hasta el fondo.

Cuando estamos unidos del todo, gemimos al unísono.

Nunca había sentido nada parecido.

Es como si su cuerpo se encajara perfectamente con el mío, amoldándose a cada línea, a cada curva, a cada recoveco. Ninguno de los dos mueve ni un músculo mientras llenamos la habitación con el aire que contenemos y soltamos pesadamente, permitiéndonos unos momentos para asimilar la perfección que acabamos de crear con nuestra unión.

—Joder —susurro.

—Vale —replica ella.

Bridgette empieza a moverse y yo no sé cómo reaccionar. Quiero sujetarla por la cintura mientras ella se desliza arriba y abajo, pero no me ha dado permiso para tocarla.

No puedo dejar de observarla mientras ella repite sus movimientos, esos perfectos, metódicos y dulces movimientos.

Tras varios minutos de contemplarla sentada sobre mí con los ojos cerrados y los labios entreabiertos, me rindo. No aguanto más sin tocarla. La agarro por la cintura y, cuando ella trata de soltarse, la sujeto con más fuerza, acompañándola en sus movimientos. La levanto cuando se alza y tiro de ella hacia abajo cuando se deja caer. Ella deja de resistirse al darse cuenta de que he puesto mi fuerza al servicio del placer de ambos.

Quiero oírla gemir; quiero oír cómo se corre sobre mí, pero ella se reprime, tal como me imaginaba.

Deslizo las manos por su espalda hasta la nuca y la atraigo hacia mí hasta que nuestras bocas chocan. Con una mano en su nuca y la otra en su cintura, dejo que siga ondulándose sobre mí.

Hago descender una mano por su cadera y la desplazo sobre su vientre y más abajo. Deslizo un dedo entre los dos, sintiendo cómo me envuelve su carne caliente y húmeda. Cuando ella gime en mi boca, empiezo a frotarla, pero ella se detiene inmediatamente. Me agarra la muñeca, aparta la mano y me inmoviliza de nuevo el brazo contra la cama.

Abriendo los ojos, me mira fijamente mientras empieza a moverse lentamente una vez más.

—Las manos quietas, Warren —me advierte.

Mierda, me lo está poniendo difícil. Necesito tocarla, y cuando me harte de tocarla, quiero probarla. Quiero sentir todo ese calor y esa humedad en la lengua.

Pero primero dejaré que haga conmigo lo que quiera. Cierro los ojos y le cedo el control. Me concentro en su carne prieta, que me traga por completo. Me concentro en que cada vez que su cuerpo topa con el mío, estoy totalmente clavado en su interior.

Ella se inclina hacia delante y sus pechos bailan sobre mi pecho mientras se sigue balanceando sobre mí.

Es oficial: el cielo existe.

A medida que el orgasmo se acerca, se me tensan las piernas y busco algo a lo que aferrarme. Ella nota que me falta poco, por lo que contrae los músculos a mi alrededor y me monta más deprisa y con más intensidad. Mantengo los ojos cerrados cuando empiezo a temblar bajo su cuerpo.

Quiero maldecir y gruñir, para que sepa lo mucho que estoy disfrutando al correrme dentro de ella, pero no permito que salga ni un sonido de mi boca. Si ella no me permite tocarla mientras me corro, yo no le voy a permitir que oiga lo mucho que estoy disfrutando de cada segundo de este polvo.

Sigue moviéndose sobre mí mientras me rindo en silencio a los temblores. Cuando termino, ella se detiene. Cuando abro los ojos, la sorprendo sonriéndome, pero en cuanto se da cuenta de que puedo verla, la sonrisa se desvanece.

Quiero que se derrumbe sobre mi pecho. Quiero tumbarla de espaldas sobre la cama y devorarla hasta que grite mi nombre, movida por el éxtasis y no la rabia.

Pero, en vez de eso, se desliza lentamente sobre mí; se levanta y se dirige hacia el baño.

—Buenas noches, Warren.

Cuando la puerta se cierra a su espalda, me

quedo tumbado en la cama sin entender nada. Querría ir corriendo tras ella, pero todavía no he recuperado las fuerzas; no puedo moverme.

Me concedo un poco de tiempo para recuperarme y luego me quito el condón y lo tiro en la papelera del lavabo, de camino a su dormitorio. Abro la puerta mientras ella se está metiendo en la cama. En cuanto su cabeza toca la almohada, me abalanzo sobre ella y la beso. Tal como me imaginaba, me aparta.

—¿Qué te he dicho? ¡No te quiero pegado al culo! —me advierte, apartando la cara.

—No estoy pegado a tu culo —insisto, besándole el cuello—. Es que no hemos acabado.

Ella se aleja un poco más y me empuja la cara.

—Sí hemos acabado, Warren. Hace unos tres minutos.

—Yo he acabado —admito, mirándola a los ojos—, pero tú no.

Ella se resiste y trata de darse la vuelta.

—Warren, para —me ordena, empujándome.

Pero yo me mantengo firme. En vez de marcharme, le rodeo la cintura con un brazo que hago deslizar por su vientre.

Y entonces es cuando me da una bofetada.

Esta vez sí que me aparto y la miro sorprendido.

Ella me empuja una vez más y se echa hacia atrás en la cama, hasta que apoya la espalda en el cabecero.

—Te he dicho que pares —dice, para justificar la bofetada.

Muevo la mandíbula a lado y lado, sin saber qué hacer. En todos mis años de experiencia acostándome con chicas, las cosas nunca han ido así, y, por supuesto, todavía menos en las películas porno que he estado viendo últimamente. La gente es egoísta por naturaleza, y el hecho de que ella no quiera que le dé un orgasmo me deja a cuadros.

—¿Hay algo...? —Hago una pausa para mirarla a los ojos—. ¿Hay algo que se me escapa? Porque pensaba que...

—Hemos follado, Warren. Y se acabó. Vete a dormir.

Niego con la cabeza.

—No, Bridgette. Tú has follado. Tú has hecho todo el trabajo y ni siquiera lo has disfrutado. No entiendo por qué no me dejas que te toque.

Ella suelta un gruñido de frustración.

—Warren, no pasa nada. Ha sido divertido. —Aparta la mirada—. Lo que no me gusta es lo que viene después, así que vete a tu cama.

«¿Cómo? ¿No le gusta la otra parte? ¿La parte en la que le provoco un orgasmo espectacular, de esos que te vuelan la cabeza?»

—Vale, me iré a la cama.

—Gracias —murmura.

—Pero, antes —levanto un dedo—, necesito saber algo.

Ella mira al techo, exasperada.

—¿Qué?

Me inclino hacia ella y la contemplo, fascinado.

—¿Siempre es así el sexo para ti? ¿Tienes que mantener el control absoluto, hasta el punto de no permitir que te provoquen un orgasmo?

Ella me da una patada, tratando de echarme de la cama.

—No pienso discutir mi vida sexual contigo, Warren. Vuelve a tu cuarto.

Se acuesta, apoyando la cabeza en la almohada. Me da la espalda y se tapa con la sábana hasta cubrirse del todo, la cabeza también.

Joder, esto es... Ni siquiera sé qué pensar. Nunca he conocido a nadie que tenga una obsesión tan grande con el control.

—Bridgette —susurro, porque quiero que se dé la vuelta y siga hablando conmigo. Ella me ignora, pero no puedo marcharme porque esta conversación es muy necesaria—. ¿Me estás diciendo que nunca has tenido un orgasmo durante un polvo?

Se descubre la cabeza bruscamente y se queda tumbada de espaldas.

—Hasta ahora eso nunca había sido un problema para nadie —replica, molesta.

Me echo a reír, sacudiendo la cabeza. No sé por qué, pero me siento feliz. Al parecer, los tipos que han pasado por su vida hasta ahora han sido una panda de capullos egoístas. Pienso enseñarle lo que se ha estado perdiendo.

Vuelve a taparse la cabeza y a darme la espalda. En vez de levantarme y regresar a mi habitación, tal como me ha pedido, me cuelo bajo la sábana y me pego a su espalda. Le rodeo la cintura con un brazo, apoyando la mano en su vientre, y la atraigo hacia mí, hasta que su espalda toca mi pecho.

—Lo creas o no —me gruñe—, estoy muy satisfecha con mi vida sexual y no te necesito para... Oh, Dios. —Su protesta queda interrumpida cuando apoyo la mano entre sus piernas.

Apoyando la mejilla en la suya, le digo:

—Y yo necesito que te calles, Bridgette.

Como no se mueve, la coloco boca abajo y me siento sobre ella. Le inmovilizo los brazos, como ha hecho ella conmigo hace un rato.

—Por favor, no te resistas —le susurro al oído—. Quiero estar al mando; quiero que hagas lo que te digo. —Le recorro la oreja con la lengua y observo cómo se le eriza la piel del cuello—. ¿Está claro?

Ella respira entrecortadamente, y cierra los ojos con fuerza mientras asiente.

—Gracias.

Le trazo un reguero de besos desde el cuello hasta el hombro y sigo descendiendo lentamente por la espalda.

Tiene el cuerpo muy tenso, aunque no tanto como una parte muy concreta de mí. Saber que nunca ha experimentado un orgasmo a manos de un hombre me ha puesto duro como una piedra.

Bajo la mano y le separo los muslos con ella. Bridgette esconde la cara en la almohada, lo que me hace sonreír. Sé que nunca se ha permitido mostrarse tan vulnerable con nadie más, y no quiere darme el gusto de ver lo mucho que lo está disfrutando.

Me da igual; yo sigo observándola mientras introduzco lentamente dos dedos en su interior y espero a que gima contra la almohada.

Ella se mantiene en silencio, por lo que saco los dedos y vuelvo a entrar, esta vez usando tres dedos.

Apoyo la frente en la almohada, junto a su cara, y espero a que se escapen los sonidos.

Nada. Me río en silencio, consciente de que no va a ser tarea fácil.

Retiro la mano y le doy la vuelta, dejándola tumbada boca arriba.

Ella sigue manteniendo los ojos cerrados.

La sujeto por la barbilla y uno nuestros labios. La beso con rudeza, profundamente, hasta que ella empieza a devolverme el beso con la misma rabia.

Me tira del pelo mientras separa las piernas, creándome la necesidad de clavarme en ella.

Y lo hago. Le echo las bragas a un lado y me clavo en ella tan rápido y con tanta fuerza que suelta un gemido.

«Dios, necesito más. Muchísimo más.»

Pero no tengo un condón a mano y esto no va

de mí, así que me retiro. Le agarro un pecho y me lo llevo a la boca.

Lentamente, la voy besando desde el estómago hasta el vientre. Cuanto más desciendo, más se tensa. Noto que está indecisa. Parte de mí quiere lanzarse a devorarla inmediatamente, pero otra parte necesita asegurarse de que no estoy yendo demasiado deprisa y que no estoy pasándome de la raya. Noto que está nerviosa por lo tensa que se ha puesto.

Apoyo las dos manos en su cintura y la miro a los ojos.

Se está mordiendo el labio, nerviosa, y me mira aterrorizada.

—¿Nunca has dejado que te hagan esto? —susurro.

Ella deja de morderse el labio mientras niega con la cabeza.

Agarrándola por las caderas, tiro de ella y la hago bajar varios centímetros por la cama.

—Eres tozuda como una mula. —Le alzo las caderas y trato de acercar mi boca hasta allí, pero ella se echa hacia atrás y se sienta. Yo vuelvo a sujetarla por las caderas y la tumbo de nuevo en la cama—. Quédate así y cierra los ojos, Bridgette.

Ella sigue mirándome con miedo, resistiéndose a quedarse quieta, por lo que me alzo sobre las palmas de las manos.

—¿Quieres hacer el favor de no ser tan terca y relajarte? Joder, mujer. Quiero darte los mejores diez minutos de tu vida, pero me lo estás poniendo muy difícil.

Ella se muerde el labio, dudando, pero hace lo que le pido y se tumba lentamente en la cama, relajando la cabeza en la almohada.

Con una sonrisa triunfal, vuelvo a buscar su piel con los labios. Empiezo besándola justo debajo del ombligo y desciendo lentamente hasta que llego a sus bragas. Cuelo los dedos bajo la goma y se las bajo, haciéndolas deslizar por sus caderas, por los muslos, hasta llegar a los tobillos. Cuando las tiro al suelo, le levanto una pierna y le planto un suave beso en el tobillo, ascendiendo por la pantorrilla, la corva y el muslo hasta que estoy a pocos centímetros de poder deslizar la lengua en su interior. En cuanto mi boca la roza, noto su calor llamándome.

—Warren, por favor —empieza a protestar.

Pero sólo oír las palabras «por favor», mi lengua se abre camino, separando sus pliegues. De un brinco, alza las caderas varios centímetros mientras grita, por lo que la sujeto con fuerza por las caderas y vuelvo a inmovilizarla en la cama.

Su sabor es dulce y salado al mismo tiempo. En cuanto la pruebo, quedo convencido de que podría saciar con ella el hambre que vuelva a sentir a lo largo de toda mi vida.

Vuelve a gritar, mientras sigue intentando apartarse de mí.

—¿Qué...? ¡Dios! ¡Warren!

Yo sigo lamiéndola, devorándola, pasando la lengua por cada rincón que queda expuesto a mí hasta que no dejo ni un centímetro por probar.

Ella hunde los dedos en mi pelo justo cuando yo estoy hundiendo los míos en su interior. Ocupo todos sus espacios, rellenándola, consumiéndola con la lengua, y ya no trata de apartarse. Acepta gustosa todo lo que le doy. Tira de mí para que clave la cara más adentro, rogándome que vaya más deprisa.

Me suelta para agarrarse al cabecero, mientras me rodea los hombros con las piernas. Yo mantengo los dedos bien enterrados en su interior mientras grita mi nombre cada vez que un temblor la sacude de arriba abajo. Sigo complaciéndola hasta que los escalofríos pierden intensidad y los gemidos se transforman en silencio.

Le beso el interior del muslo y retiro los dedos. Sigo besándola, esta vez ascendiendo por su cuerpo hasta el torso, hasta que vuelvo a quedar totalmente pegado a ella. Quiero volver a deslizarme en su interior y pasar la noche así. Quiero besarla, pero no sé si ella querrá.

Algunas chicas prefieren que no las bese cuando hemos acabado, pero me duele la boca de tantas ganas que tengo de sentir sus labios pegados a los míos.

Al parecer ella quiere lo mismo, porque no duda en atraer mi cara hacia su boca y besarme mientras se le escapa un gemido.

Mi cuerpo se tensa por completo, porque quiero volver a hacerla mía. Lo único que puede liberar la presión que siento es clavarme en su interior, y es exactamente lo que hago.

Alza las caderas y responde a mis embestidas. Sé que debería parar. Tengo que parar.

No sé por qué no puedo parar.

Nunca había estado dentro de una chica sin condón, pero Bridgette me vuelve idiota perdido. Hace que mi conciencia deje de funcionar y en lo único que puedo pensar es en lo alucinante que es esto.

Y también en que tengo que parar.

«Para, Warren. Para.»

No sé cómo, pero logro salir. Apoyo la cara en su pecho, respirando con dificultad. Dios, esto es tan frustrante que resulta doloroso. Duermo en la habitación de al lado, donde tengo un cajón lleno de condones, pero no sé si lograría llegar tan lejos si me levanto.

Ella se apodera de mi cabeza y me acerca a sus labios para seguir besándome. Desliza las manos hacia la parte baja de mi espalda y tira de mí, pegándome más a su calor, y espoleándome a seguir moviéndome con ella.

Las sensaciones son alucinantes. No es igual que estar en su interior, pero su modo de moverse hace que sea casi igual de increíble.

Cierro los ojos y hundo la cara en su cuello mientras acelero el ritmo de nuestras embestidas.

La agarro por el pelo y le ladeo la cabeza para mirarla a los ojos mientras los dos nos acercamos a un nuevo orgasmo. Ella se encoge y noto el primer temblor que le sacude el cuerpo.

—Warren —susurra—. Bésame.

La obedezco.

Le cubro la boca con la mía y acallo sus gemidos mientras siento el calor y otras cosas que brotan de mí cuando me corro y que se extienden entre su cuerpo y el mío. La estoy abrazando con todas mis fuerzas y besándola con la misma intensidad.

La estoy chafando, porque he sido físicamente incapaz de sostener mi peso ni un segundo más. Ella me suelta el cuello y deja caer las manos sobre la cama. Si no estuviera tan débil, le diría lo asombrosa que es y lo mucho que me ha gustado. Le confesaría que tiene un cuerpo perfecto y que me ha ganado la partida sin despeinarse. Para siempre. Pero no puedo hablar. Se me cierran los ojos de puro agotamiento. Puro bendito agotamiento.

—Warren.

Trato de abrir los ojos, pero no puedo. O no quiero.

Tengo la sensación de que estoy en medio del sueño más profundo del que me han arrancado nunca.

Ha apoyado la mano en mi hombro y me está sacudiendo. Alzo la cabeza y me vuelvo para mirarla, porque siento curiosidad, quiero saber si está lista para otro asalto. Le dirijo una sonrisa soñolienta.

—Vete a tu habitación —me ordena, dándome una patada—. Roncas.

Vuelvo a cerrar los ojos, pero se me abren de golpe cuando noto que apoya los pies fríos en mi tripa y usa las piernas como palanca para echarme de la cama.

—Vete —gruñe—. No puedo dormir.

Logro levantarme al fin. Miro hacia la cama y la veo ponerse boca abajo. Le da la vuelta a la almohada y se pone bien ancha, ocupando todo el espacio.

Salgo de su habitación arrastrando los pies, cruzo por el lavabo y llego a mi cama. Me desplomo sobre ella, cierro los ojos y tardo unos tres segundos en volver a quedarme frito.

6

Nunca había dormido tan bien como anoche, lo tengo clarísimo. Y aunque me echó de su cama a patadas, sigo sintiéndome victorioso, como un rey.

Cuando he acabado de ducharme y vestirme, me reúno con Ridge en la cocina. Está fregando cacharros, como si acabara de desayunar, lo que es raro, porque ninguno de nosotros cocina a estas horas. Pero ato cabos cuando veo salir a Maggie de su habitación.

—Buenos días, Maggie —la saludo, sonriente.

Ella me dirige una mirada desconfiada.

—¿Qué bicho te ha picado?

Justo en ese momento, Bridgette abre la puerta de su habitación y todos la seguimos con la mirada mientras cruza el salón. Se detiene cuando se da cuenta de que la estamos observando.

—Buenos días, Bridgette —la saludo, con una sonrisa triunfal—. ¿Has dormido bien?

Al ver la expresión de mi cara, pone los ojos en blanco.

—Que te jodan, Warren.

Entra en la cocina y se pone a rebuscar por la nevera algo de comer.

Yo no la pierdo de vista hasta que Ridge me da unas palmaditas en el hombro.

—¿Te has acostado con ella? —me pregunta, mediante signos.

Mi primera reacción es negar con la cabeza, en un impulso protector.

—No —respondo, signando también—. Puede. No lo sé. Fue un accidente.

Maggie y Ridge se echan a reír. Él toma a Maggie de la mano y tira de ella en dirección a su dormitorio.

—Vamos —signa—. No quiero estar aquí cuando Bridgette se dé cuenta de su error.

Los miro hasta que desaparecen en la habitación de Ridge antes de volverme hacia Bridgette, que me está dirigiendo una mirada asesina.

—¿Acabas de decirle que nos hemos acostado?

De nuevo, niego con la cabeza.

—Ya lo sabía; se lo dije el otro día.

Bridgette ladea la cabeza.

—Nos acostamos anoche. ¿Cómo ibas a decírselo antes de que pasara?

—Tenía un presentimiento —respondo, sonriendo.

Ella deja caer la cabeza hacia atrás, en un gesto de derrota, y se queda observando el techo.

—Sabía que era mala idea.

—Fue una idea fantástica —le llevo la contraria.

Ella me dirige una mirada que intenta ser solemne.

—Fue cosa de una sola vez, Warren.

Le muestro dos dedos.

—En realidad, fueron dos.

Ella hace una mueca para mostrarme que le estoy tocando mucho las narices.

—Lo digo en serio, Warren. No volverá a pasar.

—Pues menos mal —replico, dirigiéndome hacia ella lentamente—, porque fue horroroso, ¿no? Se notaba mucho que no disfrutabas. —Sigo avanzando por la cocina hasta que quedamos a unos veinte centímetros de distancia—. Sobre todo, no disfrutaste en absoluto cuando te tumbé de espaldas en la cama y hundí la lengua en...

Ella me cubre la boca con la mano para que no siga hablando y me mira entornando los ojos.

—No es broma, Warren. Esto no cambia nada. No somos pareja. De hecho, lo más seguro es que traiga a otros tipos a casa. Tienes que estar preparado para cuando pase.

Cuando me retira la mano de la boca, le muestro mi desacuerdo.

—No, no lo harás.

Ella me mira con un brillo competitivo en los ojos.

—Sí que lo haré. Te advertí que no soportaba a los tipos pegajosos.

¿Le parece que esto es ser pegajoso? ¡Ja! Si sigue sonriendo y riendo como anoche, ya verá lo pegajoso que puedo llegar a ser.

—Si no quieres que te desee, no es tan difícil —le digo—. Lo único que has de hacer es dejar de sonreírme. —Me inclino hacia delante hasta que le rozo la oreja con los labios. —Si no me sonríes, no sentiré el impulso de hacerte todas esas cosas perversas, porque tu sonrisa es increíble, Bridgette.

Me aparto lentamente y la miro desde arriba. Está tratando de controlar la respiración, pero no me engaña. Sonrío, y a ella se le escapa una sonrisilla. Alzo la mano y le acaricio la comisura de los labios con un dedo.

—Me provocas.

Ella se aparta y, parsimoniosamente, me empuja el pecho. Coge el vaso y regresa a su habitación sin despedirse.

Apoyo la cabeza en la puerta del armarito y suelto un suspiro hondo.

¿Qué he hecho? ¿Dónde demonios me he metido?

Bridgette y yo hemos tenido el día libre. Tras la conversación de esta mañana y, sobre todo, después de lo de anoche, estaba seguro de que antes

de que anocheciera volvería a por más. Sin
bargo, me ha ignorado por completo. Ha esta.
casi todo el día metida en su habitación, sin hacerme ni caso. Ahora ya pasan de las once de la
noche. Yo trabajo mañana por la mañana y sé que
ella tiene una clase temprano, por lo que mis es-
peranzas de un tercer asalto se están diluyendo
rápidamente.

Hace un rato se duchó, pero cerró la puerta
con pestillo.

Sentado en el borde de la cama, revivo la noche anterior, minuto a minuto, preguntándome
qué hice mal. Y cada vez llego a la conclusión
de que no hice nada mal. Lo hice todo bien y probablemente eso es lo que la ha asustado, porque
no está acostumbrada a que los hombres tomen el
control, y ahora se siente débil.

Y no le gusta sentirse débil. Obviamente tiene
conflictos relacionados con el poder y la domi-
nación, y lo de anoche la alteró. Tal vez debería
sentirme culpable, pero en realidad me siento orgulloso. Me gusta sentir que he sido capaz de
afectarla. Me gusta entender poco a poco cómo
funciona. Lo mejor de todo es que tengo la sensación de que volverá a por más. Tal vez no esta
noche, pero volverá porque es humana. Todo ser
humano tiene una debilidad y creo que acabo de
descubrir la suya.

«Yo.»

Me meto bajo las sábanas y cierro los ojos, aun-

que sé que no voy a poder dormir. Es como si lo de anoche hubiera despertado un apetito que dormitaba dentro de mí. Sé que, si no lo alimento cada noche, no me dejará descansar.

Cuento ovejas, cuento estrellas, recito mentalmente versículos de la Biblia que aprendí a los cinco años, pero nada funciona. Una hora más tarde sigo despierto, con los ojos como platos.

Me pregunto si estará despierta.

Me pregunto si me abrirá la puerta si llamo.

Aparto la sábana y me dirijo hacia la puerta, pero, antes de llegar, doy media vuelta y me acerco a la mesita de noche en busca de un condón. Como lo único que llevo puesto son los bóxers, lo guardo bajo la goma de la cintura y abro la puerta.

Tetas.

Sus tetas.

Están ahí, frente a mí.

Tiene la mano levantada, como si estuviera a punto de llamar a la puerta. Tiene aspecto de estar tan sorprendida al verme abrir la puerta como yo de verla ahí plantada.

Lleva un sujetador de encaje negro y las bragas más diminutas que he visto nunca. Baja el brazo y nos quedamos mirándonos durante unos cinco segundos hasta que tiro de ella para hacerla entrar en la habitación, cierro la puerta bruscamente y la empotro contra la madera. Me cuela la lengua en la boca antes de que yo acabe de deslizar la mano bajo el sujetador.

—¿Duermes así cada noche? —susurro en su boca, mientras le bajo los tirantes del sujetador.

—Sí —responde, sin aliento. Ladea la cabeza y hunde mi cabeza en su cuello—, aunque a veces duermo desnuda.

Gruñendo, me pego más a ella, listo para clavarme en su interior.

—Me gusta.

Le doy la vuelta hasta que su pecho queda pegado a la puerta, dándome la espalda. Le rodeo la cintura con un brazo y le agarro un pecho mientras hago descender la otra mano hasta su culo. Lleva un tanga. Un tanga diminuto, minúsculo, negro, de encaje, un tanga precioso. La acaricio por encima antes de deslizar los dedos bajo la fina capa de tela y bajárselo hasta las rodillas. No aparto la vista mientras el tanga le cae hasta los tobillos y ella acaba de quitárselo de una patada.

Me coloco tras ella y le acaricio la espalda hasta llegar a la cintura.

—Apoya las manos en la puerta.

Ella no me obedece inmediatamente. Noto que está dudando. Estoy seguro de que no quiere volver a cederme el control; todavía no se ha dado cuenta de que ha renunciado a él al presentarse en mi habitación.

La observo apoyar las manos lentamente en la puerta. Me echo hacia delante y le aparto la melena del cuello, dejándola caer sobre el hombro.

—Gracias —susurro, con la cara pegada a su cuello.

Tiro de sus caderas hacia atrás, hasta que queda pegada a mí. Me quito los bóxers y abro la funda del preservativo.

—Inclínate un poco más —le pido, y ella lo hace. Aprende rápido.

Hundo la mano en su pelo, lo enrosco alrededor de mi mano y tiro de él lo justo para que levante la cara.

Bridgette gime al notar el tirón y, al oírla, no puedo esperar y me clavo en ella hasta que no puedo entrar más, llenándola por completo.

—Vuelve a hacer ese sonido —susurro.

Como no me hace caso, le tiro del pelo otra vez. Y a ella se le vuelve a escapar un gemido, precioso, cargado de deseo.

Me retiro de ella para poder volver a empujar y el mismo sonido se escapa de sus labios. No puedo; es superior a mí. No sé si voy a poder llegar así hasta el final, porque sus gemidos me están haciendo ver borroso.

Apoyo una de mis manos sobre la suya y aprieto, obteniendo el apoyo que necesito para seguir entrando y saliendo de ella. Cada vez que gime, me clavo con un poco más de fuerza. Cuando empieza a gimotear más seguido, reemplazando los gemidos con mi nombre de vez en cuando, sé que esta noche voy a dormir bien.

«Como un tronco.»

Justo cuando noto que estoy a punto de perder el control, me retiro y le doy la vuelta, apoyándole la espalda en la puerta. Le agarro las piernas y me rodeo la cintura con ellas, volviendo a deslizarme en su interior con facilidad. Con un brazo la sujeto por la cintura, mientras tengo el otro apoyado en la pared para no perder el equilibrio. Nuestras lenguas se han enzarzado en un duelo que se alarga, mientras me trago todos los sonidos que salen de su boca.

Ella está usando las dos manos para sostenerse de mi cuello. Aparto la mano de la pared y le libero una de las suyas. Se la apoyo en el pecho y la obligo a bajar lentamente hacia el vientre. Con la frente pegada a la suya, la miro fijamente a los ojos.

—Tócate —le ordeno.

Abriendo mucho los ojos, empieza a negar con la cabeza.

Yo apoyo la mano sobre la suya y miro el punto en que nuestros cuerpos se encuentran. Le desplazo la mano unos centímetros hasta que llega adonde quiero que llegue.

—Por favor —le ruego, jadeando, desesperado.

Necesito la mano para aguantarme, por lo que la retiro y la apoyo en la puerta, junto a su cabeza. Sigo sosteniéndola por la cintura con la otra mano, mientras entro y salgo lentamente de ella. Seguimos manteniendo las frentes pegadas, pero ahora tengo la mirada fija en su mano, que empieza a moverse tímidamente, dibujando círculos con lentitud.

—Joder —exclamo, soltando el aire.

La sigo observando durante un minuto, aproximadamente, hasta que sus movimientos se vuelven más relajados. Entonces alzo la mirada hacia su cara. Al separarme un poco, la veo echar la cabeza hacia atrás y chocar con la puerta. Tiene los ojos cerrados y los labios entreabiertos. Mi corazón parece hablarme. Juraría que repite: «Bésala, bésala» una y otra vez.

Cuando poso los labios con delicadeza sobre su boca, ella gime débilmente. La provoco, recorriéndole el labio superior con la lengua y luego el inferior. Sus gemidos son más frecuentes, y cuanto más la empotro contra la puerta, mejor noto la mano que se mueve entre los dos.

«Esto está pasando de verdad. No me lo creo.»

Me cuesta creer que ella viva a un par de metros de distancia de mi habitación y que esté dispuesta a entregarme esta parte de ella. Soy el tipo más afortunado del mundo.

Vuelve a gemir, pero esta vez no separo los labios de su boca entreabiertos y me trago cada uno de los sonidos que salen de ella. Bridgette ladea la cabeza, buscando un beso más profundo, pero estoy disfrutando demasiado con esto. Me gusta verla tal como está ahora, con los ojos cerrados, la boca abierta y el corazón expuesto. No quiero besarla. Quiero mantener los ojos abiertos para no perderme ni un segundo.

Dejo de moverme y espero a que ella acabe, porque si sigo moviéndome no duraré ni un segundo más. Ella empieza a abrir los ojos, preguntándose por qué he parado, por lo que me inclino hacia ella y le susurro al oído:

—Ya casi lo tienes. Quiero mirarte mientras llegas.

Bridgette se relaja de nuevo y yo sigo observándola, empapándome de cada uno de sus gemidos y movimientos, como si yo fuera una esponja y ella mi agua.

Cuando ella aprieta los muslos con más fuerza, la sujeto con las dos manos por las caderas y retomo las embestidas que había detenido. Sus quejidos de protesta se convierten en gemidos de placer y, luego, esos gemidos se convierten en mi nombre y en pocos segundos ambos estamos temblando y tratando de respirar entrecortadamente, mientras nos besamos, y nos manoseamos y acabamos suspirando, juntos.

Desmadejada entre mis brazos, apoya la cabeza en mi pecho. Le llevo una mano al cuello y la beso con suavidad en la coronilla.

Tras un minuto en que nos dedicamos a recuperar el aliento y la fuerza en las piernas, me retiro de ella lentamente.

Bridgette apoya los pies en el suelo y me mira a los ojos. No está sonriendo, pero su mirada transmite calma, paz. Esto era exactamente lo que necesitaba. Y lo que necesitaba yo también.

—Gracias —me dice, como si fuera lo más normal.

—De nada —replico, sonriendo.

Cuando se le empieza a escapar una sonrisa, agacha la cabeza y se escabulle por debajo de mi brazo. Se mete en el baño y cierra la puerta con pestillo.

Yo apoyo la espalda en la pared y me dejo resbalar hasta el suelo, incapaz de llegar hasta la cama. Si no tuviera que usar el baño, me quedaría dormido aquí mismo, en el suelo.

7

Han pasado tres semanas completas.

Con sus veintiuna noches.

Lo hemos hecho más de treinta veces.

Pero durante el día, no me hace ni caso.

La verdad es que no la entiendo. No la conozco lo suficiente para saber qué la altera a veces, y tampoco sé por qué de vez en cuando se encierra en sí misma. No sé por qué se resiste a aceptar que lo que hay entre nosotros no es sólo sexo, pero no me quejo. A ver, que nos acostemos todas las noches y luego no tenga que ir detrás de ella durante el día sería una situación ideal si no fuera porque quiero un poco más de ella.

Pero hasta que logre pasar de nivel con Bridgette, espero que nada se interponga entre nosotros. Especialmente un nuevo compañero de piso, que es lo que más miedo me da ahora mismo.

Brennan está oficialmente de gira y, en su ausencia, su habitación está disponible. He oído a Bridgette discutir con su hermana sobre el tema, pero, la verdad, no me apetece mucho que venga.

No sé si Ridge tiene a alguien en mente, pero a mí no me apetece nada que otro tío se instale en casa. Por mucho que trate de fingir que lo que tenemos Bridgette y yo es totalmente informal, si viera a otro tipo mirarle el culo mientras va por casa con esos *shorts*, sé que me costaría no darle una paliza. Y yo no soy de los que van por ahí dándose de puñetazos con otros tipos, pero Bridgette hace que sienta ganas de pegarme con todo el mundo. Hasta con los empollones. Me pelearé con todos los humanos del planeta si eso es lo que hace falta para conservar lo que tengo con ella.

Y esa es la razón por la que tengo la vista clavada en el sofá ahora mismo. Hay una persona nueva. Creo que es una chica porque veo pelo rubio que asoma bajo la almohada con la que se ha cubierto la cara, pero también podría ser un tipo con pelo largo. Un tipo al que no quiero tener como compañero de piso. Por eso sigo observando el sofá, mientras espero a que esa persona se levante. Desde la cocina, hago ruido como para despertar a todos los ocupantes del piso, pero sea quien sea la persona que está en el sofá, está durmiendo como un tronco.

Lleno el bol de cereales y voy a comérmelos al salón. Dado que esa persona ha decidido instalarse justo en el sitio donde suelo desayunar, me siento en el suelo, frente al sofá, y me pongo a masticar, tan ruidosamente como puedo.

Me pregunto si ella —o él— será una amistad de Bridgette.

Pero no, no puede ser, porque Bridgette no trajo a nadie a casa anoche. Lo sé porque la fui a buscar cuando salí de trabajar. Y volvimos directamente a casa y nos metimos directamente en mi cama.

Ahora que lo pienso, ni siquiera encendimos las luces del salón anoche, por lo que es muy posible que esa persona ya estuviera durmiendo en el sofá cuando llegamos, y no nos dimos ni cuenta.

Ay, madre. ¿Hicimos mucho ruido? Nunca hemos de preocuparnos por el ruido cuando estamos solos con Ridge.

Oigo un gruñido que sale de debajo de la almohada justo antes de que la persona se vuelva hacia mí, dejándome ver que se trata, efectivamente, de una chica. Permanezco quieto, comiéndome los cereales, mientras la observo. Trata de abrir los ojos, pero le cuesta.

—¿Quién eres y por qué estás durmiendo en mi sofá? —le pregunto al fin.

Ella pega un brinco al oír mi voz. Se quita la almohada de la cara y se aleja de mí, mientras establece contacto visual.

Me aguanto la risa porque alguien le ha escrito en la cara «Alguien te ha escrito en la frente» con

rotulador permanente. Supongo que ha sido Ridge.
Hago un esfuerzo para mirarla a los ojos en vez de
a la frente.

—¿Eres nuestra nueva compañera de piso?
—le pregunto, con la boca llena de cereales.

Ella niega con la cabeza.

—No. Soy amiga de Ridge.

«Ah, eso no lo vi venir.»

—Ridge sólo tiene un amigo, que soy yo.

Ella pone los ojos en blanco y se sienta en el
sofá. Es muy mona.

«Estoy impresionado, Ridge.»

—¿Estás celoso? —me pregunta, estirándose
mientras bosteza.

—¿Cómo se llama de apellido?

—¿Quién?

—Tu buen amigo, Ridge.

Suspirando, deja caer la cabeza en el respaldo
del sofá.

—No sé cómo se llama de apellido —admite—. Ni siquiera conozco su segundo nombre. Lo
único que sé de él es que tiene un buen gancho
de derecha. Y si estoy durmiendo en tu sofá es
porque mi novio, con el que llevaba dos años,
pensó que sería divertido tirarse a mi compañera
de piso. Y, francamente, no me apetecía quedarme a mirar.

Me gusta esta chica. Sería una buena rival para
Bridgette. Y no hablo de mí, simplemente me refiero a que Bridgette es una tipa dura, y probable-

mente no conoce a muchas chicas que le plantarían cara. Esto promete.

—Su apellido es Lawson —le informo—. Y no tiene segundo nombre.

Cuando oigo abrirse la puerta de la habitación de Bridgette, me vuelvo hacia ella inmediatamente. Sigue llevando mis bóxers, que se puso anoche, pero encima se ha puesto una camiseta suya.

«Dios, qué guapa está.»

—Buenos días, Bridgette. ¿Has dormido bien?

Ella me mira de reojo y pone los ojos en blanco.

—Que te jodan, Warren.

Lo que, en lenguaje de Bridgette, significa: «Sí, Warren. He dormido como un tronco, gracias a ti».

—Esa es Bridgette —susurro, volviéndome hacia la chica del sofá—. Durante el día finge odiarme, pero por las noches me adora.

La chica se echa a reír y hace una mueca, como si no se creyera ni una palabra.

—¡Mierda! —exclama Bridgette. Me vuelvo hacia ella y la veo sujetándose a la barra, para no caerse al suelo—. ¡Por Dios! —Le da una patada a una de las maletas que hay en el suelo de la cocina—. Dile a tu amiguita que, si piensa quedarse aquí, se lleve sus mierdas a su habitación.

¿Mi amiguita?

Vuelvo a mirar a la chica del sofá, con los ojos muy abiertos. Creo que Bridgette ya le ha cogido manía. Razón más que suficiente para asegurarme de que sea nuestra próxima compañera de piso, porque Bridgette me encanta cuando se enfada. Y estoy casi seguro de que una Bridgette celosa será todavía más pegajosa, lo que me apetece bastante.

Me vuelvo hacia ella, sin levantarme del suelo.

—¿Qué te crees que soy, tu esclavo? Díselo tú.

Bridgette se vuelve hacia la chica del sofá y luego señala hacia la maleta con la que acaba de tropezar.

—¡SACA... TUS... MIERDAS... DE... LA... COCINA! —le ordena a gritos, antes de volver a meterse en su habitación.

Vuelvo la cabeza lentamente hacia la recién llegada.

—¿Por qué cree que eres sorda?

Ella se encoge de hombros.

—No tengo ni idea. Llegó a esa conclusión anoche y no la saqué de su error.

Me echo a reír. Qué broma tan perfecta. Y no he tenido que mover ni un dedo esta vez.

—Ya, un clásico. ¿Tienes alguna mascota?

Ella niega con la cabeza.

—¿Tienes algo en contra del porno?

—En principio no, pero no pienso actuar nunca en una peli porno.

Asiento con la cabeza. Supongo que eso es bueno. Al menos así no tendré el doble de razones para ver todas las películas que caigan en mis manos.

—¿Tienes amigos que sean un incordio?

—Mi mejor amiga es una zorra traidora y ya no me hablo con ella.

—¿Cuáles son tus hábitos de higiene?

Ella se echa a reír.

—Me ducho una vez al día, aunque de vez en cuando me salto un día. Y no estoy en la ducha más de quince minutos.

—¿Sueles cocinar?

—Sólo cuando tengo hambre.

—¿Eres limpia y ordenada?

—Probablemente más que tú —responde, mirando la camiseta que he hecho servir como servilleta varias veces mientras hablábamos.

—¿Te gusta la música disco?

—Prefiero comer alambre de espinos.

«Encaja perfectamente con nosotros.»

—Muy bien. Supongo que puedes quedarte.

Ella se sienta más derecha y recoge las piernas.

—No me había dado cuenta de que esto era una entrevista.

Echo un vistazo a una de sus maletas antes de volver a mirarla a los ojos. La mayoría de la gente no viaja con todas sus cosas a cuestas. Parece que necesita un sitio donde vivir, y yo voy a asegurarme de que ese sitio sea aquí, porque eso me garantiza que nuestro nuevo compañero de piso no tiene polla.

—Es evidente que necesitas alojamiento y resulta que nosotros tenemos una habitación libre. Si no la ocupas tú, Bridgette pretende traer a su hermana y ni Ridge ni yo tenemos ningún interés en que venga.

—No puedo quedarme aquí —me asegura, negando con la cabeza.

—¿Por qué no? ¿Para qué pasarte el día buscando apartamento si ya tienes este? Ni siquiera vas a tener que desplazarte.

La puerta de la habitación de Ridge se abre y a ella le cambia la cara. Se le abren ligeramente los ojos, parece nerviosa. Diría que eso no es muy buena señal, pero Ridge está tan colgado de Maggie que no creo que la llegada de esta chica suponga un problema para nadie.

Le guiño el ojo y me levanto para dejar el bol en la cocina. Hablo en voz alta para que ella me oiga, signando al mismo tiempo.

—¿Has conocido a nuestra nueva compañera de piso?

Ridge la mira y me mira a mí.

—Sí —signa—. Necesita un lugar donde vivir. Pensaba ofrecerle la habitación de Brennan. O, si lo prefieres, puede instalarse en tu habitación y así no tenemos que compartir el baño con chicas.

Niego con la cabeza.

—Ni de broma pienso permitir que me alejes de Bridgette. El baño es mi sitio favorito para montármelo con ella.

Ridge niega con la cabeza.

—Eres patético.

108

Cuando vuelve a encerrarse en su habitación, yo me vuelvo hacia nuestra nueva compañera de piso.

—¿Qué ha dicho? —me pregunta, nerviosa.

—Justo lo que me imaginaba que diría.

Me dirijo a mi habitación y cojo las llaves de encima de la cómoda. Echo una ojeada hacia el baño y veo que Bridgette está en el lavamanos. Abro la puerta y me acerco para darle un beso en la mejilla. Ella trata de alejarse, pero no puede disimular del todo la sonrisa que se asoma a sus labios.

Veo un rotulador permanente junto al lavamanos. Lo cojo y miro a Bridgette, frunciendo las cejas. Cuando se encoge de hombros, se me escapa la risa.

No me lo esperaba de ella, pero tras lo de los vasos de agua y ahora esto, sospecho que he encontrado a un adversario a mi medida. Al menos, nuestra nueva compañera de piso va a sufrir las novatadas pronto; así se lo quita ya de encima.

Cierro la puerta del baño y regreso al salón.

—Ha dicho que ya había llegado a un acuerdo contigo. —Señalo la puerta de la habitación de Brennan—. Me voy a trabajar. Esa es tu habitación, por si quieres dejar tus cosas ahí. Aunque vas a tener que apilar las mierdas de Brennan en un rincón.

Abro la puerta de la calle y salgo, pero me vuelvo antes de cerrarla.

—Ah, ¿cómo te llamas?

—Sydney.

—Vale, Sydney. Bienvenida al lugar más raro en el que vas a vivir.

Ahora sí que cierro la puerta, sintiéndome un poco culpable por haber inclinado la balanza ligeramente a mi favor. Pero ¿cómo no hacerlo? Si Sydney se queda, no sólo me aseguro de que otro compañero de piso no le tira los trastos a Bridgette; también me aseguro de que no vamos a aburrirnos. Ver a dos chicas inmersas en una guerra de bromas puede ser una dinámica muy entretenida; probablemente, lo mejor que nos haya pasado nunca a Ridge y a mí.

8

—¿Qué sabes de la nueva compañera de piso? —le pregunto a Ridge mediante signos cuando vuelvo a casa.

—Vivía en uno de los bloques vecinos. Su novio le puso los cuernos y necesitaba un sitio donde vivir.

Me acerco a la mesa donde Ridge está sentado y me apoyo en una de las sillas.

—¿Sigue aquí?

Él alza la vista de la pantalla de su ordenador portátil y asiente.

—Sí, probablemente se quedará unas semanas. ¿Te parece bien?

Noto que le pasa algo. Cuando conoces a alguien desde hace tanto tiempo, prácticamente sientes su incomodidad. Esta chica, Sydney, lo pone nervioso y no sé por qué.

—Y a Maggie, ¿le parece bien?

Rápidamente se refugia de nuevo en el ordenador. Asiente con la cabeza y deja de hablar conmigo.

Saco la silla para sentarme y echo un vistazo hacia la puerta, para ver si los zapatos de Bridgette están donde siempre los deja. No están ahí, por lo que llamo la atención de Ridge, dándole golpecitos en el hombro.

—¿Dónde está Bridgette? —signo.

Se revuelve en la silla.

—Ha salido.

—¿Adónde?

Se encoge de hombros.

—Warren, ¿en serio quieres saberlo? Porque no te va a gustar.

Me siento en la silla.

—Sí, joder, claro que quiero saberlo. ¿Dónde está?

Se echa hacia atrás en la silla y suspira.

—Un tipo ha venido hace unas tres horas. Me ha parecido que la invitaba a salir.

—¿A salir? —signo—. ¿Te refieres a una cita?

Asiente.

Me vienen unas ganas repentinas de pegarle un puñetazo a Ridge, aunque sé que él no tiene la culpa de nada.

Me levanto y vuelvo a empujar la silla hasta dejarla en su sitio.

Tiene una cita. Bridgette ha salido porque tenía una puta cita.

Pero ¿qué mierda? ¿Por qué coño no puse límites a lo nuestro? ¿Por qué no le dije que no podía salir con otros tipos?

¿Y si lo trae a casa? Lo hará. Es tan cabrona que lo más seguro es que lo traiga.

Cojo las llaves y le indico por signos a Ridge que volveré en un rato.

Tengo que arreglar esto.

«De alguna manera.»

Cuando la puerta se abre, dos horas más tarde, estoy sentado en el sofá.

Tal como me imaginaba, no viene sola. Un tipo entra detrás de ella, demasiado cerca para mi gusto. Tiene la mano apoyada en la parte baja de su espalda y no la aparta de ahí ni siquiera mientras ella se quita los zapatos y los deja junto a la puerta.

Bridgette se da la vuelta y me mira a los ojos.

—Oh. Hola, Warren. —Señalándome, añade—: Guy, él es Warren. Warren, él es Guy.

Me lo quedo mirando, paseando la mirada por su metro ochenta de gilipollez metrosexual.

—¿Te llamas Guy?

No me responde y se vuelve hacia Bridgette, como si lo incomodara entrar en su apartamento y encontrarse a un desconocido en su sofá. Estoy seguro de que se sentiría mucho más incómodo si supiera lo que Bridgette y yo estuvimos haciendo en este mismo sofá hace veinticuatro horas.

—Warren —me advierte Bridgette, en un tono tan almibarado como falso—. ¿Te importaría darnos un poco de intimidad? —Me señala la puerta de mi habitación con la vista, pidiéndome en silencio que me encierre allí mientras ella coquetea con Guy en mi salón.

Le devuelvo la mirada con los ojos entornados. Sé que lo está haciendo a propósito; me está poniendo a prueba. Pues pienso pasar esta prueba con buena nota.

—Claro, Bridgette —le digo, sonriendo. Me levanto y me acerco a Guy con la mano extendida—. Me alegro de conocerte —le digo. Él sonríe y parece menos ansioso cuando ve que yo me relajo—. Pasadlo bien, chicos. Dejaré la puerta del baño abierta por si alguno de los dos tiene que usarlo.

Señalo hacia el baño, plantando la semilla.

«Por favor, que necesite usar el baño. Por favor.»

Bridgette se da cuenta de que mi último comentario ha estado fuera de lugar y me dirige una mirada desconfiada mientras me retiro a mi habitación.

Cierro la puerta, pero pego la oreja a la madera. No pienso perderme ni un detalle. Si a ella le parece buena idea ponerme a prueba o torturarme trayendo a otro tipo a casa, lo mínimo que puedo hacer es escuchar detrás de la puerta y no perderme ni una palabra.

Me quedo así al menos un cuarto de hora. Du-

114

rante esos quince minutos lo oigo hablar a él sobre todas las cosas en las que destaca.

Béisbol.

Fútbol americano.

Tenis.

Juegos de preguntas de cultura general. (Hizo que Bridgette le preguntara cosas.)

Trabajo. (Es vendedor. El mejor, aparentemente. El que más ha vendido en los últimos cuatro trimestres.)

Ha viajado por todo el mundo.

«Por supuesto.»

Habla francés.

«Por supuesto.»

Bridgette bosteza cuatro veces durante la charla. Tengo la sensación de que esta pantomima la está agotando más a ella que a mí.

—¿Te importa si voy un momento al lavabo? —pregunta Guy.

«Por fin.»

Segundos más tarde, cuando oigo cerrarse la puerta del baño, salgo de la habitación y me dirijo a la cocina. Bridgette está sentada en el sofá, con los pies apoyados en la mesita baja.

—Tienes pinta de estar muriéndote de aburrimiento —le digo.

—¿Qué dices? Es fascinante —replica ella, con una sonrisa falsa—. Me lo estoy pasando tan bien que probablemente le pediré que se quede a dormir.

Sonrío, sabiendo que eso no va a pasar.

—Él no querrá, Bridgette —le comunico—. De hecho... —Me miro la muñeca y le doy golpecitos con el dedo—. Estoy casi seguro de que se irá en cuanto salga del lavabo.

Ella endereza la espalda y luego se levanta bruscamente. Se dirige hacia mí a grandes zancadas y me señala con el dedo, clavándomelo en el esternón.

—¿Qué has hecho, Warren?

La puerta del baño se abre. Cuando Guy sale, Bridgette le dirige su fastidiosa sonrisa falsa.

—¿Quieres que vayamos a mi habitación? —le propone, acercándose a él.

Guy me mira y yo sacudo la cabeza rápidamente.

Seguro que piensa que le estoy advirtiendo, de hombre a hombre, de que lo mejor que puede hacer es salir huyendo mientras pueda. Se nota que está aterrorizado, tras haber visto lo que he dejado en el baño. Mira hacia la puerta y se vuelve hacia Bridgette.

—De hecho, estaba a punto de irme —responde—. Ya te llamaré.

Lo que viene a continuación es la escena más incómoda que he presenciado entre dos personas. Él le ofrece la mano para un apretón mientras ella trata de darle un abrazo. Él se retira bruscamente, con los ojos muy abiertos, como si tuviera miedo de que ella quisiera besarlo. Sorteándola, se dirige hacia la puerta.

—Un placer haberte conocido, Warren. Te llamo en otro momento, Bridgette.

Y se va.

Bridgette se vuelve lentamente hacia mí y me clava una mirada tan afilada que siento que en vez de ojos tiene dos diamantes. Temo que sea capaz de cortarme el cuello con ellos.

Dejo de sonreír y me dirijo a mi habitación.

—Buenas noches, Bridgette.

Buen intento, Bridgette.

Buen intento.

—¡Hijo de puta!

La puerta que une el baño con mi dormitorio se abre y Bridgette se dirige directa a la cama. Estaba estudiando, pero dejo los libros a un lado cuando la veo acercarse. Salta sobre la cama y camina sobre ella. Cuando levanta las manos, veo que lleva algo en ellas. Me doy cuenta demasiado tarde, cuando aprieta el tubo y la crema me cae en la cabeza.

—¿Pomada para las hemorroides? —grita, tirando el tubo al suelo antes de coger otro que llevaba sujeto bajo la axila—. ¿Antiverrugas? —Aprieta el tubo, manchando la almohada.

Me estoy tratando de cubrir la cabeza con la sábana, pero lo está embadurnando todo. Le tiro de las piernas, haciéndola caer en la cama, pero ella se resiste, dándome patadas y lanzándome los tubos.

—¿Pomada para el herpes labial? —Estruja el bote, lanzándome la crema a la cara—. ¡No me puedo creer que hayas puesto todo esto en nuestro lavabo! En serio, eres un crío, Warren. ¡Un crío celoso!

Le quito el resto de tubos de las manos y la tumbo de espaldas, inmovilizándole los brazos.

—¡Eres un capullo integral! —grita, mientras lucho por mantenerla inmóvil.

—¡Pues si yo soy un capullo, tú eres una zorra implacable, fría y calculadora!

Ella gruñe, tratando de liberarse. Yo me niego a soltarla, pero, al mismo tiempo, intento calmarme y hablarle en un tono más tranquilo.

—¿De qué ha ido eso, Bridgette? ¿Eh? ¿Por qué demonios lo has traído a casa?

Deja de resistirse y se ríe de mí en mi cara.

Saber que mis celos le parecen divertidos hace que me enfade todavía más. Le sujeto las muñecas con una sola mano y cojo uno de los tubos que quedan cerca de su cabeza. Abro el tapón y le esparzo la pomada por el pelo. Bridgette se resiste dando bandazos, pero me da igual.

«¡Ah! Estoy furioso.»

¿Por qué demonios lo ha hecho?

La sujeto por la barbilla para que me mire a la cara. Al darse cuenta de que no puede ganarme con fuerza bruta, deja de resistirse.

Su pecho sube y baja mientras respira entrecortadamente. Leo la rabia en sus ojos. No tengo ni idea de por qué se cree con derecho a enfadarse cuando es ella la que está tratando de volverme loco.

Apoyo la frente en la suya y cierro los ojos.

—¿Por qué? —insisto, sin aliento, pero su respuesta es el silencio—. ¿Por qué lo has traído aquí?

Suspira y ladea la cabeza. Yo tiro de ella y en sus ojos veo más dolor que enfado. En voz baja, responde:

—¿Por qué has dejado tú que se instalara otra chica aquí?

Sé que no ha debido de ser fácil para ella, porque sus palabras me demuestran que soy importante para ella. Sus palabras demuestran que no era yo el único que temía que un nuevo compañero de piso se interpusiera entre nosotros. Tiene miedo de que me olvide de ella. Tiene miedo de que Sydney se interponga entre nosotros, por eso ha querido asestarme el primer golpe.

—¿Crees que las cosas van a cambiar entre nosotros sólo porque otra chica se instale en el piso? —le pregunto. Fija la vista en un punto más allá de mi hombro para no mirarme a los ojos, pero vuelvo a ladearle la cabeza para obligarla—. ¿Es por eso por lo que lo has traído?

Entorno los ojos y frunce los labios, negándose a admitir que se siente herida.

—Dilo —le ruego.

Necesito que lo admita en voz alta. Necesito que admita que ha traído a ese tipo a casa porque estaba dolida y asustada. Necesito que admita que dentro de su pecho late un corazón auténtico, de carne y hueso. Y que, algunas veces, late por mí. Pero, como no lo hace, decido hacerlo yo por ella.

—Nunca has dejado que nadie se acercara a ti para evitar que su ausencia te doliera. Pero si yo te dejara, te dolería; por eso has querido lastimarme primero. —Con los labios pegados a su oreja, susurro—: Y lo has conseguido. No te imaginas lo que me ha dolido verte entrar por la puerta con él. Pero no voy a irme a ninguna parte, Bridgette. No estoy interesado en nadie más. Así que me temo que te ha salido el tiro por la culata, porque de ahora en adelante el único hombre que tienes permiso para traer a casa es el que ya vive aquí. —Me aparto unos centímetros para mirarla a los ojos—. ¿Queda claro?

Fiel a sus principios, Bridgette se niega a responder, pero a estas alturas la conozco lo suficiente como para saber que su silencio es su modo de admitir que tengo razón y su forma de mostrar acuerdo.

Está respirando mucho más ruidosamente que hace unos minutos. Estoy seguro de que yo también, porque tengo la sensación de que los pulmones no me funcionan como deberían. No puedo inhalar, por mucho que lo intente, porque la necesidad de besarla me ha obturado el paso del aire.

«Necesito su aire.»

Apoyando la boca en la suya, la beso con un sentimiento de posesión que no sabía que sentía. La beso con tanta desesperación que me olvido de que sigo enfadado con ella. Hundo la lengua en su boca, que la recibe y la acepta, devolviéndome el beso con la misma desesperación, agarrándome la cara y acercándome más a ella. La siento volcarse en el beso como nunca. Probablemente es el mejor beso que me ha dado hasta ahora, porque es el primer beso en que sus emociones son genuinas.

Sin embargo, a pesar de lo bueno que es, también es uno de los más breves.

Me aparta de un empujón y desaparece de la cama, de la habitación y de mi línea de visión en cuanto la puerta del baño se cierra de un portazo.

Me tumbo de espaldas y me quedo contemplando el techo.

Qué mujer tan desconcertante, tan frustrante, tan jodidamente impredecible.

Justo lo que nunca he querido en una chica.

Justo lo que necesito.

Cuando oigo que empieza a caer el agua en la ducha, me levanto y me dirijo al baño inmediatamente. El nudo que se me ha formado en el corazón se cierra un poco más al girar el pomo y comprobar que no ha echado el pestillo. Sé que eso significa que quiere que la siga, lo que no tengo nada claro es qué espera que haga una vez que esté a su lado. ¿Quiere que la empotre contra la pared de la ducha? ¿Pretende que me disculpe? ¿Prefiere que le hable o que no le dirija la palabra?

No lo sé. Con ella, nunca lo sé. Por eso, como de costumbre, me espero a que me muestre lo que necesita. Entro en el baño y cojo una toalla para quitarme toda la puta pomada que me embadurna el pelo. Me retiro toda la que puedo y luego bajo la tapa del váter para sentarme, mientras escucho en silencio cómo se ducha. Sé que ella sabe que estoy aquí, pero no dice nada. No me importaría que me insultara ahora mismo. Cualquier cosa que sirviera para aliviar este silencio sería bienvenida.

Me echo hacia delante y junto las manos entre las rodillas.

—¿Te asusta esto, Bridgette?

Sé que me oye, pero no responde.

«Eso significa que sí.»

Dejo caer la cabeza entre las manos y me juro que voy a mantener la calma.

Esta es su forma de relacionarse. No sabe hacerlo de otra manera. Por alguna razón, durante sus veintidós años de vida no ha aprendido a amar, ni siquiera a comunicarse. No es culpa suya.

—¿Te has enamorado alguna vez?

Formulo la pregunta de manera genérica. No le pregunto si se ha enamorado de mí específicamente, así que espero que no se rebote demasiado.

Oigo un suspiro de rendición desde el otro lado de la cortina de la ducha.

—Creo que hace falta que alguien te ame para saber cómo se ama —responde en voz baja—, así que supongo que no.

Me encojo al oírla. Qué respuesta tan triste. No me la esperaba.

—No puedes pensar eso en serio, Bridgette.

Esta vez no responde y el silencio se alarga.

—Tu madre te quería —le digo.

—Mi madre me dejó con mi abuela cuando tenía seis meses.

—Estoy seguro de que tu abuela te quería.

Una risa ahogada, sin rastro de humor, me llega desde la ducha.

—Seguramente, pero su amor no bastó para mantenerla con vida más de un año. Cuando murió fui a vivir con mi tía, que se encargó de dejarme muy claro que no me quería. En cambio, mi tío sí, pero de manera muy inapropiada.

Cierro los ojos con fuerza, tratando de procesar lo que me acaba de contar. Brennan no bromeaba cuando me dijo que había tenido una vida muy dura. Me duele su manera de contármelo, como si hubiera aceptado que eso es lo que debe esperar de la vida y que no puede hacer nada para cambiarlo. Me duele y me enfurece al mismo tiempo.

—Bridgette...

—No te molestes, Warren. Me he enfrentado a mi vida de la única manera que sé. A mí me funciona, así que no necesito que ni tú ni nadie vengáis a psicoanalizarme ni a arreglarme. Soy así; ya me he aceptado.

Cierro la boca y no le ofrezco ningún consejo. Tampoco sabría qué decirle. Me siento muy mal por querer hacerle más preguntas después de lo que me ha contado, pero no sé cuándo volverá a estar tan comunicativa.

Bridgette no suele abrirse de esta manera, lo que, visto lo visto, no me extraña. No parece que haya tenido a nadie en quien confiar, nunca. Tal vez sea la primera vez que puede hacerlo.

—¿Y qué hay de tu hermana?

Bridgette suspira hondo.

—Ni siquiera es mi hermana del todo. Somos hermanastras y nos criamos en casas distintas.

Sé que debería ponerle fin al interrogatorio. Lo sé, pero no puedo. Saber que probablemente no ha pronunciado ni ha escuchado las palabras «te quiero» en toda su vida me está afectando mucho más de lo que me habría podido imaginar.

—Estoy seguro de que alguno de tus novios te ha querido.

Si su risa de antes me había parecido triste, esta aún lo es más. Cuando deja de reír, suspira, y su suspiro es todavía más triste.

—Si vas a seguir haciéndome preguntas como estas toda la noche, prefiero que me folles, francamente.

Me cubro la boca con la mano, digiriendo sus

palabras, que se me clavan como un cuchillo en el pecho. Es imposible que esté tan rota por dentro. Nadie puede estar tan solo en la vida. ¿O sí?

—¿Has amado a alguien alguna vez, Bridgette?

Me responde un silencio que se va hinchando como un globo hasta que su voz lo hace estallar.

—Es difícil enamorarse de capullos, Warren.

Ese comentario es propio de una persona con callos en el alma. Me levanto y descorro la cortina. Ella sigue bajo el chorro de agua, con la máscara de pestañas corrida.

—Tal vez todavía no has conocido al capullo adecuado.

A ella se le escapa la risa, al mismo tiempo que varias lágrimas más. Su mirada es triste, pero la compensa con una sonrisa agradecida. Por primera vez, está totalmente desnuda ante mí. Siento que me está ofreciendo su corazón y que me ruega que no lo rompa. Estoy convencido de que nunca se ha mostrado así de vulnerable frente a nadie más; al menos, no frente a otro hombre.

Me meto en la ducha. Ella me mira sorprendida porque estoy vestido. La ropa se empapa rápidamente. Le sujeto la cara con las manos y la beso.

No es un beso rápido.

No es un beso brusco.

No es un beso intenso.

La beso con toda la delicadeza de la que soy capaz. Quiero que sienta todo lo que merece sentir estando con otra persona. Merece sentirse be-

9

Desde el día de la ducha, las cosas han cambiado entre nosotros.

No me refiero a que haya sufrido un cambio brusco de personalidad. No es que de repente sea amable conmigo durante el día ni nada de eso. De hecho, sigue tratándome a patadas casi todo el rato. Además, sigue pensando que Sydney está sorda; es increíble que la broma se haya alargado tanto. No, todavía no me he cansado de gastarle bromas, eso sigue igual.

Lo que ha cambiado son las noches.

El sexo.

Ahora es distinto. Más lento, con más contacto visual. Muchos más besos. Muchos más preliminares. Y todavía más besos. Muchísimos besos, y no sólo en la boca. Me besa en todas partes y lo hace a conciencia, tomándose su tiempo. Y lo disfruta.

Siguen sin gustarle los mimos después del sexo y siempre me echa de su cama antes de que salga el sol, pero es distinto. La noche de la ducha derribó un muro que se alzaba entre los dos. Sé que cada noche, cuando se entrega a mí en la cama, me da una parte de ella que nadie más ha visto jamás. Y con eso me basta para ser feliz durante un montón de tiempo.

Espero no cagarla con lo de hoy.

Los dos tenemos el día libre, lo que no sucede muy a menudo porque estamos muy liados entre las clases y el trabajo. Tengo que hacer unos recados y le he pedido que me acompañe, lo que puede resultar un poco raro. Llevamos varios meses acostándonos juntos, pero todavía no hemos hecho nada que no implique sexo de por medio.

Lo que me lleva a preguntarme si no debería invitarla a salir algún día. En plan cita. Sé que no es una chica como las demás, pero supongo que deben de gustarle algunas de las cosas que les gustan a las demás chicas, como que las inviten a una cita. Aunque ella nunca ha sugerido que le gustaría que saliéramos por ahí y, francamente, tengo miedo de su reacción. Tengo la sensación de que el acuerdo que tenemos funciona perfectamente y temo joderlo todo si añadimos citas en el lote.

Y cuando hablo de citas, no sólo me refiero a salir de noche. También a las citas diurnas, como la de hoy. Como lo que estamos a punto de hacer.

«Mierda.»

—Entonces... —comenta Sydney, que está sentada a mi lado en el sofá.

Estoy viendo porno, por supuesto, porque Bridgette sigue negándose a darme el título de la película en la que aparece. A Sydney no le importa. Ella está concentrada en sus deberes, totalmente ajena al hecho de que yo estoy al borde de un ataque de nervios porque no sé si acabo de invitar a Bridgette a una cita diurna para hacer recados juntos.

—¿Qué pasa con Bridgette? —Sydney acaba la frase.

Me vuelvo hacia ella, que sigue concentrada en el libro de texto, haciendo anotaciones.

—¿A qué te refieres?

Ella se encoge de hombros.

—Es que... tiene tan mala leche.

Me echo a reír porque es verdad. Bridgette da mucho miedo cuando quiere.

—No puede evitarlo —le respondo—. Ha tenido una vida muy dura.

—Ridge también —replica Sydney—, y no va por ahí arrancando la cabeza de la gente que trata de hablar con él.

—Es porque Ridge es sordo y no puede gritarle a la gente. Le resulta físicamente imposible.

Sydney me mira y se ríe, haciendo una mueca al mismo tiempo. Me da un codazo en las costillas, justo cuando Bridgette sale de su habitación.

Bridgette le dirige a Sydney una mirada asesina que me da mucha rabia. Odio que piense que puede haber algo entre Sydney y yo. La chica me gusta, creo que mola mucho, pero tengo la sospecha de que Ridge no consentiría que hubiera nada entre los dos.

Lo que no es una buena noticia teniendo en cuenta que Ridge sigue con Maggie. Sin embargo, no estoy yo para meterme en problemas ajenos, porque ya tengo bastante con los míos. En estos momentos, *mi* problema me está fulminando con la mirada.

—Por favor, no me digas que has invitado también a tu amiguita —me dice, mirando de reojo a Sydney.

A Sydney lo de las bromas se le da de miedo. Ni siquiera pestañea mientras Bridgette habla de ella. Sigue fingiendo que no oye ni una palabra de lo que dice. Estoy seguro de que, si no la ha sacado todavía de su error, es porque le resulta más fácil no tener que hablar con Bridgette.

—No, no viene —respondo mientras me levanto—. Tiene planes.

Bridgette aparta la cara, súbitamente interesada en el bolso que acaba de colgarse al hombro. Yo me acerco a ella por detrás y le susurro al oído:

—Es broma. No he invitado a nadie más para que haga recados conmigo. Sólo a ti.

Bridgette apoya la mano en mi frente y me aparta de ella.

130

—No pienso ir a ninguna parte si vas a actuar así todo el rato.

Doy un paso atrás.

—Así, ¿cómo?

Ella me señala.

—Así. Tocándome, besándome, haciendo demostraciones públicas de afecto. Es asqueroso.

Mientras ella se dirige a la puerta, me llevo la mano al pecho y miro a Sydney haciendo una mueca de dolor.

—Buena suerte —me desea ella, susurrando, mientras sigo a Bridgette.

Una vez que nos montamos en el coche y nos alejamos del piso, Bridgette finalmente me dirige la palabra.

—¿Adónde vamos primero? Tengo que pasarme por Walgreens antes de volver. Necesito cosas de farmacia.

—Primero vamos a casa de mi hermana, luego al banco y después a Walgreens, luego a comer por ahí y de vuelta a casa.

Ella alza el brazo, con un dedo levantado.

—¿Qué acabas de decir?

—Primero iremos a casa de mi hermana, luego a...

—¿Por qué demonios me llevas a casa de tu hermana? No quiero conocer a tu hermana, Warren. No somos ese tipo de pareja.

Pongo los ojos en blanco y le tomo la mano que ha levantado para protestar.

—No te llevo para presentarte como mi novia. Puedes quedarte en el coche si lo prefieres, joder. Tengo que dejar un paquete en su casa.

Mis palabras logran calmarla. Se relaja en el asiento y vuelve la mano hacia arriba para que pueda entrelazar los dedos con los suyos. Bajo la mirada y, al ver nuestras manos entrelazadas, siento que he llegado más lejos que la primera noche en que nos acostamos.

Sé que no me habría dejado darle la mano aquella noche.

Joder, no me habría dejado darle la mano el mes pasado.

Pero ahora sí, nos estamos dando la mano.

Tal vez debería invitarla a una cita de verdad.

Cuando ella retira la mano y me vuelvo para comprobar qué pasa, veo que me está mirando fijamente.

—Estabas sonriendo demasiado —me dice.

«¿Perdón?»

Alargo el brazo, recupero su mano y vuelvo a acercármela.

—Estaba sonriendo porque me gusta darte la mano.

Ella la vuelve a retirar.

—Ya lo sé. Por eso no quiero que me la des.

«Me cago en todo.»

Esta vez no pienso dejar que se salga con la suya.

Vuelvo a alargar el brazo, haciendo virar el coche bruscamente de manera involuntaria.

Ella trata de esconder la mano bajo las piernas para que no la alcance, pero la agarro por la muñeca. Suelto el volante y tiro con las dos manos, manteniendo la dirección con la rodilla.

—Dame la jodida mano —le ordeno, con los dientes apretados—. Quiero darte la mano.

Tengo que coger el volante para volver a meter el coche en el carril, pero, en cuanto dejamos de estar en peligro de tener un accidente, freno bruscamente y acerco el coche a la acera. Paro el motor y cierro los seguros para que no pueda escapar. Sé cómo se las gasta.

Me inclino hacia ella y trato de recuperar la mano que se ha recogido contra el pecho. Le agarro la muñeca con las dos manos y tiro de ella, pero sigue resistiéndose y llevando la mano en dirección contraria, por lo que la suelto y la miro a los ojos.

—Dame. La. Mano.

Tal vez la he asustado un poco, no estoy seguro. El caso es que se relaja ligeramente y deja que me apodere de su muñeca. Sujetándola con la mano izquierda, le muestro la mano derecha.

—Separa los dedos.

Ella los cierra en un puño.

Yo la obligo a separarlos uno a uno y los entrelazo al fin con los míos.

Odio que se resista tanto. Me está poniendo de muy mala leche. Sólo quiero darle la mano, joder. No entiendo por qué tiene que montar este numerito. Lo estamos haciendo todo al revés en esta relación. Se supone que las parejas empiezan por darse la mano y tener citas. Pero nosotros no. Nosotros empezamos discutiendo y acabamos follando, pero al parecer no hemos llegado al punto de poder darnos la mano. Si las cosas siguen a este ritmo, probablemente nos iremos a vivir juntos antes de tener la primera cita.

Le aprieto la mano hasta que me convenzo de que no volverá a soltarse. Regreso a mi asiento, pongo el coche en marcha con la mano izquierda y me reincorporo a la calzada.

Conducimos los siguientes kilómetros en silencio. De vez en cuando ella trata de apartar la mano, pero cada vez que lo hace yo la aprieto un poco más y me cabreo un poco más con ella. Va a darme la puta mano, le guste o no.

Nos detenemos al encontrar un semáforo en rojo. La falta de movimiento en el exterior y la ausencia de conversación en el interior hacen que el ambiente dentro del vehículo cambie radicalmente. La tensión aumenta hasta que se rompe con...

«¿Risas?»

Se está riendo de mí.

«No hay quien la entienda.»

Lentamente ladeo la cabeza hacia ella y la miro de reojo. Se está tapando la boca con la mano que le queda libre, tratando de aguantarse la risa, pero no lo consigue. Se está riendo con tantas ganas que le tiembla todo el cuerpo.

134

No tengo ni idea de qué le parece tan gracioso, pero no me uno a ella. Lo que me apetece es mirar al frente y darle un puñetazo al volante, pero no puedo dejar de observarla. Veo cómo se le forman lágrimas en las comisuras de los ojos y cómo el pecho le sube y baja cuando trata de recobrar el aliento. La observo cuando se pasa la lengua por los labios, mientras trata de no sonreír tan ampliamente. Veo cómo se pasa la mano libre por el pelo y suspira, cuando el ataque de risa empieza a aflojar.

Finalmente, me mira. Ya no se está riendo, pero el rastro de las risas permanece ahí. La sonrisa sigue plantada en su cara, tiene las mejillas más sonrosadas de lo normal y restos de máscara de pestañas en las comisuras de los ojos. Sin dejar de mirarme fijamente, sacude la cabeza.

—Estás loco, Warren. —Se le vuelve a escapar la risa, pero esta vez es sólo un momento. Se siente incómoda al ver que yo no sonrío.

—¿Por qué estoy loco?

—Porque sí. ¿Quién se pone así por darle la mano a alguien?

Permanezco impasible mientras le respondo:

—Tú, Bridgette.

La sonrisa se le borra lentamente de la cara porque sabe que tengo razón. Sabe que ha sido ella la que le ha dado a esto más importancia de la que tiene. Lo único que yo pretendía era demostrarle que era sencillo.

Ambos bajamos la mirada hacia nuestras manos unidas mientras yo separo los dedos lentamente y la suelto. Cuando el semáforo se pone en verde, sujeto el volante y doy gas.

—Eres única haciendo que un tío se sienta como una mierda, Bridgette.

Me concentro en conducir, con el codo apoyado en la ventanilla. Me cubro la boca con la mano, apretándome la barbilla para mantener el estrés a raya.

Y así seguimos durante tres manzanas.

Tres manzanas más tarde, Bridgette tiene conmigo el gesto más considerado que le he visto hacer desde que la conozco. Alarga la mano hacia el volante y me toma la mano. Se la lleva hacia el regazo y entrelaza sus dedos con los míos.

Eso no es todo. Me cubre la mano con su mano derecha y me acaricia. Me recorre los dedos, el dorso de la mano y la muñeca antes de volver hacia los dedos. Aunque durante todo el rato ella mira por la ventanilla, la siento igualmente. Siento que me habla, que me abraza y me hace el amor; todo eso me transmite con sus manos.

Y yo no dejo de sonreír hasta que llegamos a casa de mi hermana.

—¿Es mayor que tú o más joven? —me pregunta Bridgette cuando apago el motor.

—Diez años mayor.

Bajamos del coche y nos dirigimos hacia la casa.

No le he pedido que me acompañe, así que me tomo el hecho de que no se haya quedado en el coche como prueba de que ha caído otro de los muros que nos separaban.

Subo los escalones de la entrada, pero, antes de llamar a la puerta, me vuelvo hacia ella.

—¿Cómo quieres que te presente? ¿Mi compañera de piso? ¿Mi amiga? ¿Mi novia?

Ella aparta la mirada y se encoge de hombros.

—No lo sé. Me da igual, pero que no sea incómodo.

Sonriendo, llamo a la puerta. Al momento oigo pasos diminutos, gritos, cosas que se caen...

«Mierda, me había olvidado de que esto es una casa de locos.»

Probablemente debería haberla avisado.

La puerta se abre y mi sobrino, Brody, empieza a saltar en el sitio.

—¡Tío Warren! —grita, aplaudiendo.

Yo abro la puerta mosquitera, dejo en el suelo el paquete que mi madre le ha enviado a mi hermana e inmediatamente levanto a Brody en brazos.

—¿Dónde está tu mamá?

Él señala hacia la otra punta del salón.

—En la cocina. —Apoya su mano en mi mejilla para que lo mire—. ¿Quieres jugar a estar muerto?

Yo asiento y lo dejo sobre la alfombra. Con un gesto le indico a Bridgette que me siga y luego finjo que apuñalo a Brody en el pecho. Él se deja caer al suelo con dramatismo, derrotado.

Bridgette y yo lo miramos desde arriba mientras él se retuerce de dolor. Su cuerpo se convulsiona varias veces y luego deja caer la cabeza, inerte, sobre la moqueta.

—Es el niño de cuatro años que se muere mejor de todos los que conozco —le comento a Bridgette.

Ella asiente, sin quitarle los ojos de encima.

—Estoy impresionada.

—¡Brody! —grita mi hermana desde la cocina—. ¿Es Warren?

Echo a andar hacia la cocina y Bridgette me sigue. Al volver la esquina, veo a Whitney, que sostiene a Conner apoyado en la cadera mientras remueve algo en el fuego con el otro brazo.

—Brody está muerto, pero sí, soy yo.

En cuanto Whitney me pone los ojos encima, empieza a oírse un llanto que sale del monitor para bebés que tiene junto a los fogones.

Suspira, exasperada, y me indica que me acerque al fuego. Yo voy a su lado y le quito la cuchara de la mano.

—Hay que seguir removiéndolo durante un minuto por lo menos antes de retirar el fuego de la sartén.

—¿Querrás decir la sartén del fuego?

—Ya me has entendido. —Se aparta a Conner de la cadera y se dirige a Bridgette.

—Toma, aguanta a Conner. Ahora vuelvo.

Bridgette levanta los brazos de manera instintiva y mi hermana le planta al niño en ellos. Los tiene extendidos, manteniendo a Conner tan lejos de su cuerpo como puede. Lo sostiene por debajo de las axilas y me mira con los ojos muy abiertos.

—¿Qué hago con esto? —me susurra, dirigiéndome una mirada aterrorizada.

—¿Nunca habías tenido a un niño en brazos? —le pregunto, sin acabar de creérmelo.

Ella niega con la cabeza.

—No conozco a ningún niño.

—Yo niño —dice Conner.

Bridgette contiene el aliento y se queda contemplando a Conner, que la observa con la misma mezcla de terror y fascinación.

—¡Esto habla! —exclama—. ¡Ay, Dios! ¡Hablas!

Conner se echa a reír.

—Di «gato» —le ordena Bridgette.

—Gato —repite Conner.

Ella ríe, nerviosa, pero sigue sosteniéndolo como si fuera una toalla sucia.

Aparto la sartén del fuego y lo apago antes de acercarme a ella.

—Conner es el más fácil —le aseguro—. Mira, póntelo así. —Se lo coloco sobre la cadera y le enseño a rodearle la espalda con el brazo para que quede pegado a su cintura.

Ella nos mira a los dos, nerviosa.

—No se me irá a cagar encima, ¿no?

Yo me echo a reír y a Conner se le escapa una risita. Le da dos palmadas en el pecho mientras patalea.

—Cagar encima —repite, riéndose.

Bridgette se tapa la boca con una mano.

—Ay, Dios. Es como un loro —se lamenta.

—¡Warren! —Whitney me llama a gritos desde el piso de arriba.

—Ahora vuelvo —digo.

Bridgette niega con la cabeza y señala a Conner.

—Pero... Pero... Esto... —balbucea.

Yo le doy palmaditas en la coronilla.

—Tú puedes. Sólo debes mantenerlo con vida durante un par de minutos.

Subo la escalera y me encuentro a Whitney en la puerta de la habitación de los niños, secándose el cuello con un trapo.

—Se me ha meado en la cara —me aclara.

Se la ve tan agotada que siento ganas de darle un abrazo. Lo haría si no estuviera bañada en meados de bebé.

—Llévalo abajo mientras me doy una ducha rápida —me pide, pasándome al pequeño.

—Claro, ningún problema.

Ella se dirige a su habitación, pero se detiene y se da la vuelta cuando estoy a punto de bajar la escalera.

—Oye —me llama. Me vuelvo hacia ella y veo que me pregunta, mediante signos—. ¿Quién es la chica?

Me encanta que haya decidido usar los signos para que Bridgette no se entere de nada. Tener una familia que domina la lengua de signos es de lo más práctico.

—Mi compañera de piso —le respondo, signando, quitándole importancia.

Ella sonríe y entra en su habitación. Yo bajo la escalera con el bebé pegado a mi pecho. Paso por encima de Brody, que sigue jugando a estar muerto en el suelo. Cuando llego a la puerta de la cocina, me detengo. Bridgette ha sentado a Conner en la isla central de la cocina. Está delante de él, para impedir que se caiga. Tiene varios dedos levantados y está contando con él.

—Tres. ¿Sabes contar hasta tres?

Conner le toca las puntas de los dedos mientras cuenta:

—Uno, dos, tres. —Ambos aplauden cuando acaba—. Ahora yo —dice Conner, y esta vez es Bridgette quien le cuenta los deditos.

Me apoyo en el marco de la puerta y la observo interactuar con él. No entiendo por qué no había pasado tiempo con ella fuera del dormitorio hasta ahora. Podría juntar todas las cosas que me ha hecho por las noches y sé que no las cambiaría por lo que estamos viviendo hoy.

Esta es la Bridgette que, hasta ahora, sólo veía

yo. Pero ahora que la veo aquí, sé que es capaz de mostrarse tal y como es con otras personas que se lo merezcan.

—¿Miras así a todas tus compañeras de piso? —me susurra Whitney al oído.

Vuelvo la cabeza y la veo a mi espalda, observándome mientras yo observo a Bridgette. Niego con la cabeza y vuelvo a mirar a Bridgette.

—No, no las miro así.

En cuanto las palabras salen de mi boca, me arrepiento de haberlas pronunciado. A Whitney le va a faltar tiempo para escribirme por el móvil preguntándome todos los detalles: desde cuándo la conozco, de dónde es, si estoy enamorado de ella...

Hora de marcharse.

—¿Estás lista, Bridgette? —le pregunto, devolviéndole el bebé a Whitney.

Bridgette me mira y luego se vuelve a mirar a Conner. Parece que le sepa mal tener que despedirse de él.

—Adiós, *Buiget* —se despide Conner, moviendo la manita.

Bridgette contiene el aliento y se vuelve hacia mí.

—¡Dios mío! ¡Warren, ha dicho mi nombre!

Se vuelve hacia Conner, que sigue despidiéndose con la mano.

—Cagar encima —dice el niño.

Bridgette se apresura a levantarlo en brazos y dejarlo en el suelo.

142

—Estoy lista —me responde al fin, rápidamente, alejándose del pequeño y dirigiéndose hacia la puerta.

Whitney señala a Conner mientras me mira.

—¿Acaba de decir...?

Yo asiento con la cabeza.

—Eso parece, Whit. Vas a tener que cuidar tu lenguaje delante de los niños.

Le doy un beso rápido en la mejilla y me dirijo a la puerta.

Bridgette se ha detenido sobre Brody y no le quita ojo.

—Francamente impresionante.

El niño sigue exactamente en la misma posición que lo dejamos.

—Ya te he dicho que nadie se muere como él.

Paso por encima de él, abro la puerta y la mantengo abierta para que salga Bridgette. Salimos a la calle y ella no protesta ni trata de apartarse cuando le tomo la mano.

La acompaño hasta el coche, pero antes de que pueda abrir la puerta, la giro hacia mí y le presiono la espalda contra ella. Alzo la mano y le aparto un mechón de pelo de la frente.

—Siempre pensé que no querría tener hijos —admite, mirando hacia la casa.

—¿Y ahora quieres?

Bridgette niega con la cabeza.

—No, de hecho, no. Pero tal vez podría quedarme a Conner un tiempo. Durante un año o dos.

Seguramente luego me cansaría de él y ya no lo querría, pero durante una temporada de mi vida podría ser divertido.

Me echo a reír.

—Pues, ¿por qué no lo secuestras y lo devuelves cuando tenga cinco años?

Se vuelve a mirarme.

—Porque tú sabrías que he sido yo quien lo ha secuestrado.

Le sonrío.

—No se lo diría a nadie. Tú me gustas más que él.

Vuelve a negar con la cabeza.

—Quieres demasiado a tu hermana; nunca le harías algo así. No funcionaría. Vamos a tener que secuestrar otro niño cualquiera.

Suspiro.

—Sí, tienes razón. Y ya puestos, lo mejor sería secuestrar al niño de algún famoso. Así, de paso, podemos pedir rescate y no tendríamos que volver a trabajar nunca más. Devolveríamos al niño, nos quedaríamos el dinero y nos pasaríamos el resto de nuestras vidas en la cama, follando.

Bridgette sonríe.

—Eres tan romántico, Warren. Nunca nadie me había ofrecido un secuestro con rescate.

Le sujeto la barbilla con dos dedos, acercando su boca a la mía.

—Tal como te dije, todavía no habías conocido al capullo adecuado.

Apoyo los labios sobre los suyos y le doy un beso breve. Es un beso para todos los públicos, por si acaso a Brody le ha dado por volver a la vida y nos está espiando.

Alargando la mano hasta rodearle la espalda, abro la puerta. Ella se da la vuelta para entrar en el coche, pero, antes de hacerlo, se pone de puntillas y me da un beso en la mejilla.

Para Brody o cualquier otra persona que lo haya visto, no será más que un beso en la mejilla, pero conociendo a Bridgette como la conozco, sé que ha sido mucho más que un beso. Ha sido su manera de decirme que no necesita a nadie más.

Este beso en la mejilla significa que lo nuestro es oficial.

«Este beso en la mejilla significa que tengo novia.»

10

—¿Me estás diciendo que lo vuestro es oficial porque te ha dado un beso en la mejilla? —me pregunta Sydney, confundida.

No lo entiende. Es como los demás. Sólo ve la cara que Bridgette ofrece en público, lo que es comprensible. Bridgette muestra una cara poco agradable, y está en su derecho.

Dejo de tratar de explicarle a Sydney mi relación con Bridgette. No es tan malo. En parte me gusta que nadie lo entienda. ¿Y lo del otro día? ¿La locura transitoria asexual que nos dio con lo de darnos la mano y besarnos en la mejilla? Pues no. No nos ha afectado negativamente en el dormitorio.

De hecho, anoche dejamos atrás la racha de sexo lento y tranquilo en la que nos habíamos sumido y probamos una fantasía mía en la que estaba involucrado el uniforme de Hooters.

—Deberías probar suerte en Hooters —le propongo a Sydney.

Sé que está buscando trabajo y, aunque no parece de su rollo, las propinas son francamente buenas.

—No, gracias. No me pondría esos *shorts* ni muerta.

—No están tan mal. Molan. Son suaves y elásticos. Te sorprenderían. Anoche, mientras Bridgette fingía servirme unas alitas picantes, alargué la mano y...

—Warren —me interrumpe Sydney—. Para de una vez. Me da igual. ¿Cuántas veces tengo que decirte que no me interesa tu vida sexual?

Frunzo el ceño. A Ridge tampoco le gusta que entre en detalles y a Bridgette no puedo contárselo porque ella forma parte de la historia y le resultaría redundante. Echo de menos a Brennan. Él siempre me escuchaba.

Bridgette abre la puerta de su habitación y me busca, recorriendo el salón con la mirada. Me dirige una sonrisa tan discreta que soy el único que se da cuenta.

—Buenos días, Bridgette. ¿Has dormido bien?

Ella se fija en Sydney, que está sentada a mi lado en el sofá. Aparta la mirada enseguida, pero me da tiempo a ver que le duele vernos juntos.

—Que te den, Warren —me dice, dirigiéndose hacia la nevera.

Después de darnos la mano y de besarme en la

mejilla, ¿todavía piensa que sería capaz de engañarla con otra chica?

No la pierdo de vista mientras ella va cogiendo cosas y dejándolas sobre la encimera dando golpes, cabreada.

—No me gusta que la tengas siempre pegada al culo —me dice.

Me vuelvo hacia Sydney, riendo, porque sigue pensando que no la oye. Además, no me creo lo que me acaba de decir. Si eso no es plantar su bandera sobre mí, yo ya no sé.

Me encanta.

—¿Te parece gracioso? —Bridgette se vuelve hacia mí. Sacudo la cabeza y dejo de sonreír de golpe, pero ella insiste, señalando a Sydney con la mano—. Es evidente que esa chica está loca por ti, pero al menos podrías guardar las distancias hasta que me vaya, ¿no? —Vuelve a darnos la espalda—. Primero le va a Ridge con el cuento de la lástima para que la deje mudarse aquí y luego se aprovecha de que conoces la lengua de signos para coquetear contigo.

No sé si me siento más incómodo por Bridgette o por Sydney. Tal vez por mí.

—Bridgette, para.

—No, para tú, Warren. —Se vuelve a mirarme—. O dejas de colarte en mi cama por las noches o dejas de montártelo con ella en el sofá durante el día.

Sabía que esto tenía que pasar antes o después,

149

pero esperaba no estar presente cuando llegara el día.

Estas últimas palabras son la gota que colma el vaso de la paciencia de Sydney, que cierra el libro bruscamente y se golpea las piernas con él.

—¡Por favor, Bridgette! —grita—. ¡Cállate! ¡Cállate, cállate, cállate! ¡Por Dios! No sé qué te hace pensar que soy sorda, pero tengo tanto de sorda como de puta. Y no uso la lengua de signos para ligar con Warren. Ni siquiera conozco la lengua de signos. Y de ahora en adelante, por lo que más quieras, ¡deja de gritar cuando te dirijas a mí!

Tengo miedo de mirar a Bridgette. Me siento dividido entre las ganas de chocarle los cinco a Sydney por haberse atrevido al fin a pararle los pies, pero también quiero ir a abrazar a Bridgette, porque sé que tiene que estar pasándolo mal. De pronto, siento que esta broma ha sido la peor en la historia de las bromas.

Alzo la mirada a tiempo de ver la expresión dolida de Bridgette antes de que se meta en su habitación y cierre de un portazo.

Esto no va a haber quien lo arregle. Sydney acaba de cargarse mi relación de un plumazo con su arrebato.

Bueno, vale. La culpa no es sólo suya. Yo también tengo parte de responsabilidad. Una parte... enorme.

Me duele el pecho. Esto no me gusta. No me

gusta el silencio y no me gusta la idea de tener que entrar en esa habitación para arreglar las cosas.

Apoyo las manos en las rodillas y me levanto parsimoniosamente.

—Pues nada. Todos los jueguecitos que había ideado para compartir con ella, a tomar por culo. Muchas gracias, Sydney.

Ella deja el libro a un lado y se levanta.

—Que te den, Warren.

Au. Estoy doblemente jodido.

Sydney se dirige a la habitación de Bridgette y llama a la puerta. Tras unos segundos prudenciales, entra en la habitación y cierra la puerta.

Si arregla este desastre, estaré en deuda con ella toda la vida.

Suspirando, hundo las manos en el pelo, consciente de que esto es culpa mía. Cuando vuelvo a alzar la mirada, veo a Ridge, que me está observando.

—¿Qué me he perdido? —me pregunta, mediante signos.

Yo sacudo la cabeza lentamente, avergonzado.

—Bridgette ha descubierto que Sydney no es sorda y ahora me odia. Y Sydney ha ido a su habitación para tratar de arreglar las cosas porque se siente culpable.

Ridge me dirige una mirada de incomprensión.

—¿Sydney? ¿Por qué se siente culpable?

Me encojo de hombros.

—Por no ponerle fin a la broma, supongo. Me imagino que le sabe mal que Bridgette se sienta avergonzada.

Ridge niega con la cabeza.

—Bridgette se lo merecía. Es ella la que debería disculparse, no Sydney.

¿Por qué está defendiendo a Sydney como si fuera un novio sobreprotector?

Me vuelvo hacia la habitación, sorprendido, porque los sonidos que llegan desde dentro corresponden a una conversación, no a una pelea de gatas.

Ridge sacude la mano delante de mi cara para llamarme la atención.

—Bridgette no le está gritando, ¿no? —me pregunta. Parece preocupado y, francamente, su preocupación me preocupa.

—Parece que te importa mucho el bienestar de Sydney.

Cuando él aprieta los dientes, sé que no debería haber dicho nada, pero no puedo evitarlo. Hace mucho que los conozco, a él y a Maggie. Hemos pasado por muchas cosas juntos, y no quiero que lo joda todo sólo porque se le ha cruzado por delante otra chica que le parece atractiva.

Noto que no quiere continuar con esta conversación, por lo que la redirijo hacia mí.

—No, ninguna de las dos está gritando —le digo, para tranquilizarlo—, pero Bridgette empe-

zará a hacerlo en cuanto salga por esa puerta. Lo
más probable es que se vaya del apartamento y yo
me meteré en la cama y no podré salir nunca más
porque... —Me llevo una mano al pecho—. Se
llevará mi corazón con ella.

Sabe que estoy haciendo teatro y, riendo, pone
los ojos en blanco antes de volver a centrarse en el
ordenador.

La puerta de la habitación de Bridgette vuelve
a abrirse y ella sale disparada. No estoy preparado
para esto. Sabía que se enfadaría cuando se ente-
rara, pero no estoy seguro de poder defenderme
de ella si la cosa llega a las manos.

Aún sentado en el sofá, enderezo la espalda y
la observo dirigirse rápidamente hacia mí. Se sube
al sofá, arrodillada y pasa una pierna sobre mi regazo, quedando montada sobre mí.

«No entiendo nada.»

Me sujeta las mejillas entre las manos y suspira.

—No me puedo creer que me esté enamorando de un capullo tan, pero que tan idiota.

Mi corazón quiere saltar de felicidad inmediatamente, pero mi mente todavía no ha acabado de
asimilar lo que está pasando.

«Se ha enamorado.»

«De un capullo.»

«Un capullo muy, pero que muy idiota.»

«¡Joder! ¡Ese soy yo!»

Le sujeto la cabeza con las dos manos y me

153

apodero de su boca mientras me levanto y echo a andar hacia mi habitación. Cierro la puerta, voy hasta la cama y la lanzo sobre ella. Me quito la camiseta y la tiro al suelo.

—Dilo otra vez. —Me deslizo sobre ella, que sonríe, acariciándome la cara con las dos manos.

—He dicho que me estoy enamorando de ti, Warren. Creo. Estoy casi segura de que eso es lo que me pasa.

Vuelvo a besarla, frenéticamente. Son las palabras más bonitas que he oído pronunciar en mi vida. Me aparto un poco para mirarla a los ojos.

—Pero hace cinco minutos querías matarme. ¿Qué ha cambiado? —Me elevo un poco, apoyándome en las manos—. ¿Te ha sobornado Sydney para que me digas eso? ¿Es una broma? —Siento que se me para el corazón.

Pero Bridgette niega con la cabeza.

Me moriría. Literalmente, me moriría si ella retirara lo que me ha dicho. Me moriría mucho mejor que Brody, porque mi muerte sería real.

—Es que... —Bridgette hace una pausa, buscando las palabras adecuadas—. Durante todo este tiempo pensaba que tal vez tenías algo con Sydney. Pero después de hablar con ella, sé que no es verdad. Y también me ha dicho que una noche de borrachera le dijiste que tal vez me querías. Y al oírlo, yo... No sé, Warren.

Dios, cómo me gusta verla así, nerviosa, dudando. Me encanta que se me esté sincerando de esta manera.

—Dímelo, Bridgette —la animo, en voz baja, a que acabe la frase.

Colocándome de lado, me apoyo en el codo. Le aparto el pelo de la frente y me echo hacia delante para besarla.

—Cuando me ha dicho eso, me he sentido... feliz. Y me he dado cuenta de que nunca soy feliz. Fui una niña infeliz y soy una adulta infeliz. No hay nada en el mundo que me haga sentir lo que tú me haces sentir. Por eso... creo que esto es lo que estoy sintiendo. Creo que me estoy enamorando de ti.

Una lágrima discreta le asoma a la comisura del ojo. Y aunque lo que me apetece hacer es embotellarla y guardarla por toda la eternidad, finjo no darme cuenta, porque sé que es lo que ella preferiría. La beso en los labios antes de echarme hacia atrás y mirarla a los ojos.

—Yo también me estoy enamorando de ti.

Sonriendo, me sujeta la nuca y tira de mí, acercando mi boca a la suya. Me besa con delicadeza, pero luego me tumba de espaldas en la cama. Se monta sobre mí y apoya las manos en mi pecho.

—Pero que conste que no te he dicho que esté enamorada de ti. He dicho que me estoy enamorando de ti; es distinto.

La agarro por las caderas y la acerco más a mí.

155

—La única diferencia entre estarse enamorando y estar enamorado es que el corazón ya sabe lo que siente, pero la mente es demasiado tozuda para admitirlo. —Susurrándole al oído, añado—: Pero tómate el tiempo que necesites. Por ti, seré paciente.

—Bien, porque todavía no voy a decirte que te quiero. Porque aún no sería verdad. Puede que esté en camino, pero cualquier cosa podría hacer que mi amor descarrilara.

No puedo evitar sonreír y besarla tras ese discursito de descargo de responsabilidad.

Nos besamos durante varios minutos, hasta que ella ladea la cabeza y alza un dedo, pidiéndome que paremos. Se sienta en la cama, abrazándose las rodillas. Apoya la cabeza en los brazos y cierra los ojos.

Permanece callada un rato, lo que es muy poco habitual en ella. Parece sentirse culpable y eso es muy raro, porque normalmente está demasiado enfadada para sentir culpa.

—¿Qué pasa? —le pregunto.

Ella niega con la cabeza.

—Soy lo peor, el peor ser humano sobre la Tierra —susurra, volviendo lentamente la cabeza hacia mí.

No me gusta la expresión que me está dirigiendo.

Cuando empieza a moverse para bajarse de la cama, mi corazón se arrastra tras ella.

—Era una broma, Warren —me dice en voz baja, mientras se levanta.

Yo me incorporo, apoyándome en los codos.

—¿Qué quieres decir?

Cuando se vuelve hacia mí, leo tanta vergüenza en sus ojos que no es capaz de mirarme sin encogerse.

—Quería vengarme de ti por haberme dejado creer que Sydney era sorda. —Abre la puerta del baño y se mira los pies—. Te he dicho todo eso porque estaba furiosa contigo, no porque me sienta así en realidad. No me estoy enamorando de ti, Warren.

«Me estás pisoteando el corazón, Bridgette.»

Ella mira hacia el baño, por encima del hombro, y vuelve a dirigirme su atención.

—No tenía intención de llevar la broma tan lejos. Y ahora esto es muy incómodo, así que me voy a mi habitación —me dice antes de cerrar la puerta.

Me quedo paralizado, incapaz de sentir, de moverme, de procesar las palabras que acaban de salir de su boca. Me duele la garganta, el estómago, el pecho... Me duelen hasta los pulmones, joder. Dios, cómo puede doler tanto.

Me dejo caer sobre la cama y me llevo los puños a la frente.

—Eh, Warren —me dice ella desde la puerta.

Alzo la cabeza y veo que sigue teniendo la misma expresión de culpabilidad. Mueve la mano señalándose y señalándome a mí.

—Esto, lo que acaba de pasar... —Su mueca de preocupación se transforma en una sonrisa traviesa—. ¡Esto es la broma de verdad!

Corre hacia mí, sube a la cama de un brinco y se pone a bailar a mi alrededor.

—¡Tenías que haberte visto la cara! —Se ríe y salta, haciendo que mi cuerpo dolorido rebote en la cama.

«Me la cargo.»

Se deja caer de rodillas y se inclina sobre mí para darme un beso en los labios. Cuando se aparta, ya no me la quiero cargar.

Mi cuerpo se ha recuperado milagrosamente gracias a su sonrisa. Nunca me había sentido tan bien. Me siento más fuerte, más vivo, más feliz y, en cierta manera, más enamorado de ella que hace cinco minutos.

Tiro de ella y la pego a mí.

—Ha sido una muy buena broma, Bridgette.

Ella se echa a reír.

—Lo sé. La mejor de las bromas.

Asiento con la cabeza.

—La verdad es que sí. —La abrazo en silencio durante varios minutos, reproduciendo en mi cabeza la escena entera—. Dios, menuda zorra estás hecha.

Ella se ríe otra vez.

—Lo sé. Una zorra que al fin ha conocido al capullo adecuado.

11

¿A que no sabes quién se ha despertado en la cama de Bridgette esta mañana?

Yo.

¿Y a que no sabes quién dormirá en la cama de Bridgette esta noche?

Exacto. También yo.

Y ambas cosas son fantásticas, pero no tanto como el momento presente. Ahora mismo.

Estamos sentados en el sofá. Ella está entre mis piernas, con la cabeza apoyada en mi pecho. Estamos viendo una película en la que, curiosamente, los actores permanecen vestidos durante todo el metraje. El título es lo de menos; lo realmente importante es que Bridgette está acurrucada junto a mí.

Es la primera vez que estamos así de juntos fuera del dormitorio y es increíble. Me encanta su capacidad para hacerme valorar las cosas más sencillas.

Ambos miramos hacia la puerta cuando oímos ruido de llaves. Cuando la puerta se abre, veo que se trata de Brennan.

Me enderezo de golpe en el sofá, porque se suponía que esta noche estaba en Dallas. Mañana tiene un bolo y estoy seguro de haberle reservado un hotel para esta noche.

Bridgette se sienta en el sofá y lo observa. Él le dirige una sonrisa, pero es muy forzada. Se mete la mano en el bolsillo trasero, saca una hoja de papel y nos la muestra.

—Ha llegado esto —dice.

Bridgette me aprieta la mano y en ese momento me doy cuenta de que se trata de los resultados de los análisis. Conozco a Brennan lo suficiente para saber que no está satisfecho con los resultados. Lo que todavía no sé es si eso es bueno o malo para Bridgette.

—Dímelo, sin más —susurra ella.

Brennan baja la vista al suelo y luego me mira a mí. Por su expresión, sé que Bridgette deduce que sigue tan lejos de conocer la identidad de su padre como hace unos meses.

Inspira hondo y se levanta. Le da las gracias a Brennan en un susurro y se dirige hacia su habitación, pero él la agarra por la muñeca, tira de ella y la envuelve en un abrazo. Sin embargo, como es normal en ella, Bridgette no permite que el abrazo se alargue más de dos segundos. Se echa a llo-rar. Sé que no quiere que nadie la vea llorar, por eso agacha la cabeza y se mete corriendo en su habitación.

Brennan lanza el papel sobre la encimera y hun-de las manos en el pelo.

—Qué mierda, tío —me dice—. Sé que se ha-bía hecho ilusiones de que pudiera ser verdad, pero nada. Más mierda para sumar a la mierda que ha tenido que aguantar toda su vida.

Suspirando, dejo caer la cabeza hacia atrás, apoyándola en el sofá.

—¿Estás seguro de los resultados? Tal vez ha habido una confusión.

Brennan niega con la cabeza.

—No es su hija. Y, francamente, me alegro por ella porque, ¿quién lo querría como padre? Pero sé que ella contaba con poder ponerle un punto final a la historia.

Me levanto y me aprieto la nuca.

—No creo que se tratara sólo de eso. —Señalo hacia su dormitorio—. Voy a ver cómo está. Gra-cias por venir a decírselo en persona.

Brennan asiente y yo entro en su habitación. Está en la cama, hecha un ovillo, de espaldas a la puerta.

No se me da especialmente bien consolar, por lo que no sé qué decirle para que se sienta mejor. En vez de hablar, me tumbo en la cama a su espalda. Le rodeo la cintura con un brazo y le tomo la mano.

Permanecemos así varios minutos. Le doy el tiempo que necesita para soltar todas las lágrimas. Cuando me parece que ha dejado de llorar, le doy un beso en el pelo.

—Habría sido un padre espantoso, Bridgette.

Ella asiente con la cabeza.

—Lo sé. Es sólo que... —Inspira profundamente—. Me gusta estar aquí. Siento que todos me habéis aceptado tal como soy, y es la primera vez que me pasa. Pero ¿qué pasará ahora que Brennan sabe que no soy su hermana? ¿Me marcho como si nada?

Yo la abrazo con más fuerza. No soporto que se lo plantee ni siquiera como una posibilidad.

—Por encima de mi cadáver. Y del de Brody. No pienso dejarte ir a ninguna parte.

Ella se ríe mientras se seca las lágrimas.

—No hace falta que seáis amables por lástima.

La tumbo de espaldas en la cama y sacudo la cabeza, confundido.

—¿Lástima? Esto no es lástima, Bridgette. Sí, claro que me sabe mal por ti. Sí, claro que habría molado que fueras su hermana, pero eso no cambia nada. Lo único que habría cambiado si los análisis hubieran dado otro resultado sería que habrías pasado de no tener padre conocido a tener uno de los peores padres del mundo. —La beso en la frente—. Me da igual de quién seas hija o hermana; te quiero igualmente.

Los ojos se le abren mucho y noto que se tensa entre mis brazos. Esta vez no he dicho que me estaba enamorando de ella; le he dicho que la quiero, sin paños calientes. Y sí, sé que esas palabras pueden asustarla muchísimo y hacer que quiera salir huyendo de aquí, pero me da igual; no pienso retirarlas. La quiero. Y no es nada nuevo; la quiero desde hace meses. Y estoy harto de no decírselo temiendo su reacción.

Ella sacude la cabeza.

—Warren...

—Lo sé —la interrumpo—. Pero ya está dicho. Más te vale superarlo, porque te quiero, Bridgette.

Su cara no transmite ninguna emoción en estos momentos. Lo está asimilando. Está procesando qué emociones le despiertan esas palabras. Estoy seguro de que es la primera vez que las oye.

Apoya las manos en mi pecho, apretando los dientes.

—¡Eres un mentiroso! —exclama, tratando de salir de debajo de mí.

«Ya estamos otra vez.»

Tiro de ella, que trata de liberarse, retorciéndose.

—Me agotas, ¿lo sabes? —Vuelvo a tumbarla de espaldas en la cama, y ella me mira y asiente convencida.

—Exacto, te agoto porque soy agotadora. Y además soy mala y siempre veo el vaso medio vacío. Si crees que por decirme que me quieres voy a volverme más amable y menos agotadora, te equivocas. No puedes cambiarme. Todo el mundo quiere cambiarme, pero yo soy como soy. Si esperas que te diga que yo también te quiero y que empiece a cagar unicornios y arcoíris, espera sentado, porque odio los unicornios y los arcoíris.

Hundo la cara en su cuello y me echo a reír.

—Ay, Dios. No me puedo creer que seas mía.

—La beso en la mejilla y luego en la frente, y en la nariz y en la barbilla y en la otra mejilla antes de mirarla a los ojos, que me devuelven una mirada confundida—. No quiero que cambies, Bridgette. No estoy enamorado de la persona que podrías ser, ni de quien solías ser ni de la persona que el mundo opina que deberías ser. Estoy enamorado de ti. En este momento. Justo así.

Como veo que ella sigue a la defensiva, la atraigo hacia mí y la abrazo con fuerza.

—Para —le susurro al oído—. Deja de decirte que no eres digna de ser amada, porque me estoy poniendo de mala leche. Me da igual si aún no estás lista para admitir lo que sientes por mí, pero no te atrevas a despreciar lo que yo siento por ti, porque es amor. —La beso en el otro lado de la cabeza y se lo repito. Qué gustazo poder decirlo en voz alta al fin—. Te quiero, Bridgette.

Ella se aparta lo justo para poder mirarme a la cara. Veo que la tiene empapada en lágrimas.

—Bridgette, te quiero —repito, esta vez mirándola a los ojos, en los que leo su lucha interna. Una parte de ella quiere disfrutar del momento, pero otra parte trata de impedir que se derrumbe el último muro que se alza entre nosotros—. Te quiero —susurro una vez más.

Se le vuelve a escapar una lágrima. Temo que esté a punto de romperse y de empujarme como de costumbre. Uno mi boca a sus labios e inhalo con fuerza. Le llevo la mano a la mejilla y le seco la lágrima con el pulgar.

—Eres la persona más genuina que conozco, Bridgette. Así que me da igual si crees que te mereces ser amada o no, porque no puedo evitarlo. Me he enamorado de ti y no me arrepiento.

Otra lágrima le cae por la mejilla mientras le asoma una sonrisa a los labios. Se le escapa la risa y el pecho se le alborota, porque ríe y llora al mismo tiempo, sin dejar de besarme. Y yo le devuelvo el beso, derribando los restos de la muralla que nos separaba.

Hundiendo las manos en mi pelo, me tumba de espaldas en la cama, sin separar los labios de los míos. Abro los ojos y ella se aparta un poco, sin dejar de sonreír. Sacude la cabeza lentamente, con incredulidad.

—No me puedo creer que me haya enamorado de un capullo tan, pero que tan idiota.

No creo que exista nadie en el mundo que pudiera emocionarse tanto como yo al oír estas palabras.

—Te quiero, Warren.

Ni siquiera puedo decirle que yo también la

quiero, porque oír esa frase saliendo de su boca me ha robado la capacidad de hablar. Aunque no parece que le importe, porque sus labios se apoderan de los míos con tanta rapidez e intensidad que tampoco me habría dado tiempo de decir nada.

Estoy enamorado de Bridgette.

Bridgette está enamorada de mí.

«Todo está bien en el mundo por fin.»

Seguimos besándonos mientras nos quitamos mutuamente la ropa. Esta vez, ninguno de los dos está al mando. Ella me hace el amor al mismo tiempo que yo le hago el amor, y nadie se preocupa de controlar nada. Nadie manda sobre nadie. El equilibrio es absoluto. Ella siente por mí lo mismo que yo siento por ella y, cuando acabamos, me susurra:

—Te quiero, Warren.

Y yo le digo:

—Te quiero, Bridgette.

Y nadie discute.

Permanece tranquilamente tumbada entre mis brazos y no trata de echarme de la cama a patadas. La sola idea de tener que volver a mi habitación y dormir solo me resulta ridícula. Creo que no quiero volver a dormir solo nunca más.

Le acaricio el brazo con la punta de los dedos.

—Tengo una idea —le susurro, con la nariz hundida en su pelo.

Ella niega con la cabeza.

—No, nada de sexo anal.

Yo me separo de ella, riendo con ganas.

—¿Qué? No, eso no. Al menos, no de momento.

Me la quito de encima y me siento, antes de tirar de ella para que se siente a mi lado. Le tomo ambas manos y la miro a los ojos con total solemnidad.

—Creo que deberíamos irnos a vivir juntos.

A ella se le abren mucho los ojos por la sorpresa. Me mira como si hubiera perdido el juicio. Tal vez tenga razón.

—Ya vivimos juntos, idiota. Y casi no pagamos nada de alquiler. Si alquiláramos algo para nosotros, nos arruinaríamos.

Niego con la cabeza para tranquilizarla.

—No me refiero a irnos a otro piso. Instálate conmigo en mi habitación. Total, ya dormimos juntos todas las noches.

Ella sigue negando con la cabeza.

—¿Y por qué iba a hacerlo?

—Porque —respondo, colocándole el pelo por detrás de la oreja— es romántico.

—No, Warren. Es una tontería.

Me tumbo en la cama, frustrado. Ella se tumba a mi lado y me mira mal.

—¿Por qué iba a querer meter toda mi ropa en tu armario diminuto? Menuda bobada. Tengo demasiadas cosas en el armario.

—Vale. Puedes seguir guardando la ropa en tu armario, pero trae las demás cosas a mi habitación.

Ella deja caer la cabeza sobre mi pecho.

—No tengo otras cosas. Tengo una cama, nada más.

Le levanto la barbilla con un dedo para que me mire a los ojos.

—Exacto. Tráete la cama a mi habitación. Los dos tenemos camas dobles. Si las juntamos tendremos una cama *king size*. Tendremos más espacio para el sexo y, cuando acabemos, tú podrás ir rodando hasta tu cama y yo podré observarte mientras duermes.

Ella se plantea mi propuesta durante varios minutos, en silencio, y luego sonríe.

—Esto es una estupidez.

Me siento y tiro de ella para que se levante.

—Pero una estupidez romántica. Vamos, vístete; te ayudaré.

Nos vestimos y quitamos las almohadas y la ropa de cama. Bajamos el colchón al suelo y lo arrastramos hasta la puerta. Lo sacamos al salón y nos dirigimos hacia mi habitación. Ridge y Brennan están sentados en el sofá, observándonos.

—¿Qué coño estáis haciendo? —pregunta Brennan.

Me apoyo el colchón en la cadera para poder responder mediante signos.

—Bridgette y yo nos vamos a vivir juntos.

Ridge y Brennan se miran y vuelven a mirarme a mí.

—Pero... ya vivís juntos —replica Brennan.

Me despido de ellos con la mano y sigo ayudando a Bridgette a trasladar el colchón, que colocamos junto al mío. Cuando la cama vuelve a estar hecha, ella se tumba en la suya y yo en la mía. Rodando, nos acercamos hasta quedar frente a frente. Ella apoya la cabeza en el brazo y suspira.

—Llevamos viviendo juntos dos minutos y ya me he hartado de tu cara.

Me echo a reír.

—Creo que deberías mudarte otra vez. Nos llevábamos mejor cuando vivíamos separados.

Ella me hace una peineta, que yo aprovecho para agarrarle la mano y entrelazar los dedos con los suyos.

—Tengo que pedirte otra cosa.

Ella se deja caer de espaldas.

—Mira, Warren. Te juro que, como me pidas que me case contigo, te corto las pelotas.

—No quiero casarme contigo... todavía. Pero... —Me arrastro hasta cruzar a su lado de nuestro hogar y me tumbo junto a ella—. ¿Quieres salir conmigo? ¿Me concedes una cita?

Ella aparta la mirada y la clava en el techo.

—Dios mío —susurra—. ¿En serio nunca hemos tenido una cita?

—Una cita como Dios manda, no. Nunca.

Ella se da una palmada en la frente.

—Soy un zorrón. Me he venido a vivir contigo y ni siquiera hemos tenido nuestra primera cita.

—No, mujer. No eres un zorrón —la tranquilizo, en tono burlón—. Ni siquiera nos hemos acostado juntos... Oh, oh. —Hago una mueca—. Pues sí, eres un zorrón. Una zorra facilona que quiere que probemos el sexo anal esta noche.

Ella me da un empujón en el pecho, pero se está riendo.

Yo se lo devuelvo.

Ella me empuja con más fuerza.

Yo también lo hago hasta que está a punto de caerse por el borde de la cama.

Ella alza las piernas para darme una patada.

Se la devuelvo hasta que se cae de la cama y se queda tumbada en el suelo. Espero varios segundos en silencio antes de asomarme por el borde de la cama y mirar hacia abajo. No se ha movido. Sigue en la misma posición en la que ha caído.

—Podrías hacerle la competencia a Brody —le digo.

Ella levanta la mano para pegarme, pero yo me apodero de ella y me la llevo a los labios. Le doy un beso en el dorso y no la suelto.

La miro a los ojos. Está de muy buen humor hoy, lo que no es habitual. Y eso me lleva a pensar que tal vez...

«Sólo tal vez...»

—Una última pregunta, Bridgette.

Ella alza una ceja y niega lentamente con la cabeza.

—No pienso decirte el título de la peli porno, Warren.

Le suelto la mano y me dejo caer de espaldas sobre la cama.

—Joder.

«Tal vez nunca.»

Agradecimientos

Muchísimas gracias a tantísima gente. Primero, a mi familia. Sin vosotros, nunca terminaría nada. A mi editorial, Atria Books, y a Judith Curr, por no decirme que no cuando le dije: «¡Quiero escribir una novela corta sobre Warren! ¡Y quiero que sea una sorpresa!». Unas gracias muy especiales a mi editora, Johanna Castillo. ¡Eres la mejor! Ya sé que lo digo en cada libro, pero es que realmente formamos un equipo genial. Gracias a mi nueva publicista, Ariele, por ser tan buena en lo tuyo. (¡Eres miel, Ariel!) Y a mi agente, Jane Dystel, y a su extraordinario equipo. Gracias a Murphy y a Stephanie por mantenerme siempre a flote. Y, por último, aunque no por ello menos importante, gracias a mis lectores. Sin vosotros, ninguna de las personas que acabo de mencionar tendría trabajo, y me incluyo entre ellas. Vuestro amor por la lectura es lo que nos permite vivir de nuestra pasión.

Por ello, ¡todos nosotros os damos las gracias!

La **TRILOGÍA** *TAL VEZ* en Booket: